AF353914

Un diverso altrove

di

Enzo Pagano

Youcanprint *Self-Publishing*

Titolo | Un diverso altrove
Autore | Enzo Pagano

ISBN | 978-88-91192-44-8

© Tutti i diritti riservati all'Autore
Nessuna parte di questo libro può
essere riprodotta senza il
Preventivo assenso dell'Autore.

Youcanprint Self-Publishing
Via Roma, 73 – 73039 Tricase (LE) – Italy
www.youcanprint.it
info@youcanprint.it
Facebook: facebook.com/youcanprint.it
Twitter: twitter.com/youcanprintit

PREFAZIONE

L'abbandono che genera ossessioni. Quella di essere perennemente escluso e deriso. Quella di essergli preclusa la felicità. Quella che può far scattare l'istinto omicida. È da queste premesse che Enzo Pagano costruisce il suo giallo mettendo in scena un assassinio in un palazzo dell'accademia italiana. Ma non è l'omicidio l'oggetto principale del testo, seppur ne indirizza la trama. Si tratta in realtà di un escamotage per scavare nell'animo dei personaggi messi in scena sulle pagine e per analizzare dinamiche e ruoli, talvolta precostituiti. C'è la vittima, una posizione di prestigio come segretaria del Magnifico Rettore, una famiglia perfetta e prestigiosa, e l'appartenenza alla potente Opus Dei. C'è un ebreo, un professore ordinario di Filologia Romanza, uno strano e inspiegabile mutismo che lo affligge e che lo ha di fatto rilegato in segreteria. C'è la solitaria segretaria di un docente universitario, schiva e poco loquace, nasconde la sua omosessualità e anche la sua recente conquista, nel timore che l'amore della sua vita possa lasciarla o che possano deriderla per questa "immeritata" felicità. C'è un poliziotto chiamato a gestire le indagini, che ragiona con la sua testa piuttosto che con la divisa che indossa.

La sensazione generale è di uno scontro tra vincitori e vinti. I primi sono da individuare all'interno di quel mondo universitario dipinto di perbenismo e falsità ma anche dei poteri "forti" che, senza troppo peso, sono disposti a sostenere il peso sulla coscienza di un capro espiatorio pur di assurgere la vittima ad eroina. I secondi sono le figure sbiadite di quegli stessi sistemi, rifiutati da essi pur appartenendovi perché troppo emotivi o incapaci di nascondere le proprie "devianze" rispetto al modello.

Tra i primi Adelina Ambrosetti e il professor Grimaldi, tra i secondi la signorina Flora, il professor Samuele Levi, il poliziotto Renato Boccuzzi. La lotta condotta dai secondi è però destinata a rilegar loro ancora una volta tra i perdenti, tra coloro che costituiscono un semplice ingranaggio di una macchina di cui non hanno modo di conoscere e modificare il funzionamento nonostante ne avvertano gli evidenti stridii.

C'è una luce di speranza in questa visione? Senz'altro. Pur nella cupa atmosfera e nel senso di generale frustrazione, emergono dalle pagine i sentimenti di amore e di amicizia che legano la signorina Flora a Valeria e a Renato. Un nuovo amore e un nuovo amico che possono spalancare la sua vita a un'esistenza differente, nel solco di quella differente normalità tanto ricercata. L'accettazione e la condivisione appaiono allora costituire la ricetta di cui ogni individuo debba dotarsi per sottrarsi a quell'esempio di follia omicida descritto nel romanzo. Insieme, per rifuggire alla solitudine e all'astio. Insieme, per vincere la vita.

Quella foto, rubata da uno studente col suo telefonino, era stata l'unica possibile a disposizione dei *media:* quella in cui era ritratta piangente, seduta nel centro della stanza, immediatamente dopo l'accaduto.

Una foto non professionale, ma rendeva più che se fosse stata ripresa da una costosa fotocamera: il volto sovraesposto, per effetto del flash, appariva di un biancore clownesco, sul quale, il recente pianto, aveva disegnato una ragnatela nera di rimmel come un delta fluviale che era straripato persino sul suo corpo, trascuratamente gettato sulla sedia come un abito dismesso: un braccio penzoloni sulla spalliera e l'altro abbandonato tra le gambe sciattamente allungate e allargate.

Un'immagine naturalmente in bianco e nero; così appariva anche sulle riviste patinate a colori.

Quella e solo quella, avevano intenzionalmente deciso, potesse essere l'immagine-icona dell'*atroce delitto dell'Ateneo.* Una scelta editoriale anche televisiva, che ritornava sempre sulla stessa foto, piuttosto che insistere su insignificanti *piani sequenza* carrellati intorno alla camminante o seduta segretaria.

Delle altre, scattate in seguito, ne furono pubblicate solo alcune in un paio di edizioni. Non avevano lo stesso *appeal* drammatico: mostravano un'elegante e alta figura di una quarantenne che percorreva a piedi i tre isolati verso l'Ateneo con indosso impeccabili tailleur grigi, di taglio maschile, con la sola variante nei toni del colore: ardesia, argento, cenere... uno stile fuori moda, all'Audrey Hepburn anni '60, della quale, aveva anche l'aspetto fisico ed era persino somigliante nel viso.

Il *performance artist* che la ripropose in vivo, circa un mese dopo, con il titolo: *donna piangente seduta nel centro di una stanza*, migliorò la postura della giovanissima modella che sedeva a gambe aperte e scoperte, il braccio sinistro lasciato cadere inerme lungo il fianco mentre il destro era rigidamente steso tra le cosce col pugno che serrava il bordo della sottana a ricoprire il pube; il viso segnato da due rigagnoli neri, gli occhi spalancati.

L'artista confermò di essersi ispirato a quella fotografia che continuava ad apparire in testa, in coda e in mezzo di ogni servizio sull'inchiesta. – *L'aveva colpito la drammatica fissità degli occhi e la surreale posizione del corpo* – Disse, nell'intervista al locale quotidiano che pubblicò l'originale accanto a quella della rappresentazione. E, aggiunse: *di aver apprezzato il tempismo dell'ignoto fotoreporter nel fissare in un'istantanea quella violenza che lo aveva ispirato a trasporla come se fosse stato un recente stupro subìto dalla donna che, plasticamente, ne mostrava lo stupore e il dolore.*

Non le piaceva la sua foto con la stringata didascalia: *La signorina Flora.* La sconcertava la sciatteria del corpo e quel volto lacrimoso; ma conservò il foglio, per poter riguardare la foto accanto, quella della *installazione*; decidendo di andare a visitarla già dalla sera del *vernissage* e le altre sere ancora, sostando unicamente in quello spazio, per lungo tempo, a fissare il tunnel di alabastro che terminava su quel pugno racchiuso sull'inguine.

– *"Quel pugno, dolorosamente stretto nella congiunzione delle cosce, esprime con forza il risentimento e la rabbia di una femmina contro ogni abuso e sopruso perpetrato su di essa nei secoli: un gesto di ostinata difesa, di appartenenza solo a se stessa. Ha reso davvero bene questa istanza"*...

Ascoltò il commento della super-occhialuta signora, rivolto all'autore, mentre continuava il suo muto dialogo con la giovane interprete, sin dalla prima visita, quando era rimasta sospesa come una falena, attratta dalla luce limpida dei suoi occhi. E lì l'avrebbe attesa sino all'ultima rappresentazione, quando si sarebbe alzata per andarle incontro, avanzando a piedi nudi con un passo molle che si affondava nel pavimento, più che calpestarlo, come se camminasse sulla sabbia.

In piedi, scompariva la morbosità. Ora le appariva più infantile, quasi una bambina, nonostante il pesante maquillage di scena ne appesantisse lo sguardo. Emanava un selvatico odore giovanile. Le prese la mano: avrebbero proceduto insieme verso l'uscita, tra gli assorti visitatori che avrebbero apprezzato l'opera mobile, senza titolo, di un artista ignoto. Avrebbero attraversato le strade tra disponibili passanti che si sarebbero scostati per agevolare il loro procedere. Nessuno avrebbe chiesto, o si sarebbe chiesto: cosa ci facessero insieme una ragazza scalza e svestita con un'elegante donna attempata?

Le pareva tutto così semplice, quasi irreale; non aveva dovuto formulare alcuna goffa *avance* che non era mai riuscita a proporre a nessuna delle studentesse che si approcciavano nel corridoio per le più svariate richieste: la terrorizzava il timore di ottenere una risposta che si sarebbe materializzata in un disgustoso quanto umiliante ghigno. Non le assecondava mai, pur consapevole del loro retro pensiero di essere una stronza: *la stronza*.

– Sei un'assidua visitatrice.

– Già, … l'opera meritava.

– Tu sei l'originale, vero?

– Sì, in carne e ossa…

– Ho guardato a lungo quell'immagine…

– Anch'io la tua… – si affrettò a interromperla.

– Ciao, signorina Flora… mi chiamo Valeria.

L'avrebbe portata a casa: l'avrebbe fatta sedere sulla sedia fucsia impagliata, – che teneva ancora come una citazione della sua infanzia – in un interno il cui colore, non-colore, era nelle diverse tonalità dell'écru: un insieme caldo e rilassante per la mancanza di tinte forti, nel quale, quella leziosa sediolina, sembrava essere l'unico suppellettile esistente.

Uno sfondo adatto alla personale, molto personale, già troppe volte elaborata nella sua fantasia durante le sue visite allo stage: le avrebbe chiesto di posare solo per lei, scoprendo e allargando le sue gambe per riproporre quel pugno serrato sulla sua nuda intimità; l'avrebbe contemplata a lungo, spogliandosi anche lei, prima di inginocchiarsi ai suoi piedi per percorrere con le labbra le sue bianche e morbide cosce, sempre più su sino a incontrare le nodose nocche che si sarebbero dischiuse per offrire alle sue labbra la sua rosea vulva: avrebbe annusato il carnoso profumo, leccato i suoi caldi umori, sfiorato il piccolo turgore del piacere, stimolando gemiti che avrebbe udito crescere con lo spasmo delle cosce sul suo viso sino alla dolorosa stretta finale e l'urlo dell'estremo godimento.

Poi, si sarebbe seduta lei, per ricevere il meritato orgasmo, troppo spesso ricercato da sola nei tediosi Giovedì pomeriggio, stimolando meccanicamente quel coso che affiorava tra le piccole labbra in quel giorno e a quell'ora, senza sollecitazioni d'immagini mentali. Troppi.

Tutto era accaduto. Non doveva più immaginarlo: giaceva svuotata, accanto al personaggio dell'animata opera moderna; come aveva puerilmente fantasticato, durante una gita liceale, si fosse potuta animare *Suzon,* la svogliata barista delle *Folies Bergere* di Manet: la ragazzotta provinciale con l'aria annoiata che pareva trovarsi lì per caso mentre il cascamorto in tuba ci provava: uno sguardo straniato e implorante allo stesso tempo, che il suo turno potesse terminare quanto prima per uscire con lei che l'avrebbe attesa per condurla lontano dal fragore di quel posto dove servivano assenzio e sesso a pagamento.

– Dai, corriamo Suzon... copriti che è umida e fredda questa serata londinese... non temere, ti riporterò nella tua casa in Alsazia... resteremo tutto il tempo vicino al caminetto a mangiare castagne e bere Cointreau... faremo all'amore ogni giorno in ogni ora, vivremo solo di questo... castagne, amore e Cointreau ...

Sorrise tra sé per quella lontana fantasticheria: in qualche modo, era riuscita a realizzare quell'utopico sogno di giacere con un personaggio di un'opera d'arte.

– Quanti anni hai?

– Ventitré, e tu?

– Quasi il doppio: quarantadue.

– Sì, circa la metà.

Le toccava quella fastidiosa *passerella* mattiniera lungo il corridoio del palazzo *Umbertino,* dove udiva soltanto il secco rintocco delle sue scarpe suolate amplificato dalla cassa armonica muraria dell'ampio spazio di solito riempito dal vociare studentesco: prevalentemente sguaiato, quello barese; cantilenato, quello salentino; neutro, con tendenza all'interrogativo, quello tarantino. Raro, il cupo foggiano.

Procedeva squarciando quella piccola folla che si faceva urgentemente da parte e si zittiva, mentre passava.

All'imbarazzante frastuono dei suoi passi, si aggiungeva quello di sentirsi pietosamente osservata in silenzio: lei, la signorina Flora, segretaria del professor Grimaldi, preside della Facoltà di lettere; quella che aveva scoperto il corpo orrendamente sgozzato della dottoressa Ambrosetti. Adelina Ambrosetti: segretaria del Magnifico Rettore.

Era ansiosa di raggiungere il suo ufficio e poter calzare le sue più silenziose pantofole che metteva sul lavoro; ma ancora più silenziosa era la sua stanza, dove, ad aver quasi smesso di parlare, era anche il preside. Da quel giorno, si limitava a gesticolare per comunicare. In particolare, quando si rivolgeva ai docenti; – la seccante trafila mattiniera delle più disparate richieste sul programma di studi, orari di esami, congedi e quant'altro. – lui, si limitava a licenziarli con l'uso della mano destra:

– *Sia stringato, ne riparliamo;*

Qualche volta con l'uso di entrambe le mani che si univano per significare:

– *La prego, sia comprensivo;*

O si allargavano:

– *È il regolamento, faccia come crede.*

La mancanza del commento orale concludeva più rapidamente l'incontro con i questuanti. Un efficace linguaggio dei segni al quale era costretto anche il professor Levi, afflitto da una patologia psicologica che lo aveva reso muto, ma non sordo.

Il già ordinario di Filologia Romanza che da un paio di anni sedeva alla scrivania libera, dirimpetto a quella del preside, ospitato come *professore emerito,* pur non avendone il titolo poiché precocemente pensionato data la sua infermità; ma era così che il preside lo presentava, usando il plurale maiestatis per enfatizzare l'importanza:

– *Il nostro caro professore emerito…–.*

L'ex docente giungeva puntuale alle nove e venti, posava la sua borsa sulla scrivania, estraeva una spessa risma di fogli che spacchettava e sistemare con ordine su tutto il piano. Prima di iniziare la disamina di un plico a caso; disarticolava le sue lunghe dita con schiocchi secchi, per ognuno dei quali, otto, lei sobbalzava sulla sedia sorridendogli ogni volta, otto volte, per ogni schiocco: un sorriso d'intesa di un'antica frequentazione, quando le parlava della sua stravagante vita giudaico-cristiana.

Samuele Levi era un Ebreo battezzato, non circonciso per volontà del padre, convertitosi al Cristianesimo.

"Un'opportunistica conversione" che non aveva mai convinto Adelina, la segretaria del Rettorato alla quale, l'anziano docente, si era rivolto per una richiesta amministrativa di un anno Sabbatico, durante il quale, le confidò, era sua intenzione ritirarsi in un monastero Benedettino dove avrebbe preso visione delle prime tracce del segno scritto: i *codices* antichi.

– *Capisci? Lui, in un monastero…*

Fu lo sprezzante commento di Adelina, durante l'abituale sosta caffè con lei.

– ... un *giudeo ateo nella casa del Signore. Non se ne parla proprio, convincerò il Magnifico a non approvare la richiesta...*"

Aveva annuito con la testa tutto il tempo dell'irricevibile monologo: un agnostico e meccanico consenso che non faceva trapelare alcuna traccia di dissenso per quella carognata riservata al suo amico Ebreo. Nemmeno quando le domande si fecero dirette:

– *Ti hanno riferito di quella sua lezione dei dialoghi sui massimi sistemi?*

Restò con lo sguardo fisso, in attesa che chiarisse quello che le era già noto: della teorica ipotesi che si potesse scrivere un romanzo con il solo digramma '*gn*', come *sogno, ragno, cigno... Un suono nasale-palatale che esprime da solo la magia di una lingua romanza come l'italiano.* Le aveva detto.

– *Quell'uomo non sta con la testa, bisogna farlo smettere, prima che sforni una generazione di letterati deviati...*

Nemmeno l'ironica conclusione le fece muovere un solo muscolo facciale che, semmai, si sarebbero dovuti contrarre tutti per mostrare la più atroce maschera di avversione per quell'odioso e subdolo scopo di non concedergli il meritato congedo. Ne aveva davvero bisogno quel pover'uomo, la cui mente si era logorata per l'uso e l'abuso delle parole occorrenti per la *verbosa* materia del suo insegnamento.

Aveva continuato annuire con la testa e a emettere un inespressivo e sordo mugugno che sottaceva quanto fosse bigotta e retriva quella decisione.

Era rimasta la sola a parlare, dei tre occupanti l'ufficio; un'incontenibile e allegra voglia di riferire della sua recente esperienza con la giovane Valeria, il suo "*viaggio*", che si traduceva in una sconclusionata logorrea su quanto le accadeva intorno o, meglio, di come l'intorno fosse cambiato: – *delle giornate più tiepide e assolate rispetto l'anno prima da avere voglia di tornare al mare magari su un'isola dell'Egeo ma anche a una dello Jonio immergersi con gli occhi aperti per vedere nuotare le antiche sirene scoprire i mosaici sommersi delle piscine nelle quali avevano nuotato le Afrodite del tempo circumnavigato Lesbo Chio Corfù Zante e veleggiato il ritorno verso le più calme acque magnogreche di Taras e Akragas…–*

– C'è mai stato preside?

Quello le ricordò, con un tono grave di circostanza:

– *Che non era il luogo e il tempo di scampagnate mentali, e che lei non le sembrasse per niente turbata dalle conseguenze della sua diretta esperienza di quella sciagura.*

Turbata?

Capì che avrebbe dovuto cambiare tono e aspetto. Lo fece, assumendo una sembianza più contrita. Tornò a essere la signorina Flora – *della quale apprezzava la discrezione e la diligenza sul lavoro* – quel ruffiano baciapile che non gli passava per la mente di quanto lei potesse essere felice, da volerla palesare urlando, la sua felicità. Altro che restare lì a osservare la sua compunzione di merda.

– Forse è un mio modo di rimuovere… quel ricordo…

Si giustificò.

– Ma certo! È quello che stavo per dirle…

Se lo volesse rimuovere o fosse stato già stato rimosso, non era in grado di valutarlo. Sicuramente, la morte di Adelina la ricordava più remota di quella di suo padre, e che non fosse in grado di ricostruire esattamente quanto aveva già riferito una prima volta agli inquirenti: – *Era entrata in bagno con la signora Adelina; lei aveva occu-*

pato quello in fondo, quello col bidet, perché doveva cambiare l'assorbente, mentre Adelina era entrata nell'altro, quello senza, che non chiudeva mai per una sua mania; erano passati alcuni secondi, aveva appena tirato fuori il Tampax interno e aveva sentito una voce di un uomo cupa e roca che aveva detto: "Stronza becchina." Nient'altro, nemmeno un rantolo. Era sicura della prima parola, meno della seconda, ma le era sembrata proprio: "becchina." Il tempo del bidet e indossare frettolosamente il pantalone, forse due minuti in tutto, che era uscita e aveva trovato la porta spalancata del primo bagno e Adelina piegata in due, con il bacino nudo ancora sul water. Tutt'intorno, una pozza di sangue che continuava a gocciolare dai capelli che si erano attaccati al collo lungo il taglio: sgozzata come una gallina!–

– Per me è più impellente dimenticare, che ricordare. Rispose al preside, chinando il capo, per rendere più credibile la sua affermazione.

– Capisco. Eravate molto amiche…

– Non più di quanto lo fosse lei, preside…

Restò in attesa di una sua risposta vaga:

– *In qualche modo...*

Circostanziata:

– *Ci frequentavamo ogni Sabato al circolo...*

Onesta:

– *Più che lei, m'interessava il marito per il suo peso nell'Opera...*

Si limitò a uno stringato e impersonale:

– Sì, certo.

Aveva chiesto ad Adelina, molti anni prima, se fosse stato il caso di frequentarsi. La risposta fu rapida e chiaramente dissuasiva:– *Oh, vorrei farlo; ma la casa, i quattro figli, l'Opera e tutto il resto, non credo proprio che potrei...*

Sulle prime, le sembrò che fosse stato un diplomatico modo di svicolare la proposta per un pregiudizio nei suoi riguardi; quei: "*vorrei...*", molto simili al "*sì, però...*" troppe volte ascoltati da donne che evitavano di averla come amica. Invece, dopo aver udito quella "O" maiuscola, si pentì di aver formulato la richiesta di amicizia: non avrebbe mai frequentato una *soprannumeraria* dell'Opera di Dio.

Incrociò lo sguardo del professor Levi che stava seguendo la sua conversazione con il preside; la guardò sottecchi tenendo la testa china sulle carte. Abbozzò un mezzo sorriso ironico, lasciando intendere quale fosse il suo parere circa l'amicizia di Grimaldi con quelli dell'Opus Dei.

Colse l'inespressa opinione del suo amico docente per rivolgergli un sarcastico commento:

– Lei, certamente, professor Levi, non ha mai intrattenuto buoni rapporti con la dottoressa Ambrosetti...

Il docente distolse lo sguardo, serrò le labbra e scosse leggermente il capo.

Quella vecchia storia dell'anno Sabbatico era stata l'unica e spiacevole relazione di lavoro intrattenuta con la segretaria del Rettore. Aveva, invece, proprio in quel periodo, iniziato a frequentare lei che lo andava a trovare in quella villetta di periferia: una vecchia costruzione in stile *liberty* circondata da un grande giardino, con una vegetazione apparentemente incolta, dove c'era un grande tiglio solitario in mezzo al prato. Restavano a parlare seduti su un cigolante dondolo posto sul patio, ombreggiato dal grande albero. – *Quella beghina riuscirà a convincere il Magnifico. Ci riuscirà con l'approvazione di Grimaldi, due leccaculo della soprannumeraria: le devono la poltrona sulla quale immeritatamente siedono. Sono stanco, avrei bisogno di soggiornare in quel monastero, toccare*

con mano quei sacri libri mi allieverebbe da tutte le fati-
che mentali accumulate negli anni. Altro che psicotera-
pia...– Si era sfogato un pomeriggio.

Aveva una grande voglia di rincontrarlo, gli avrebbe
detto della sua strepitosa storia. A lui l'avrebbe urlata volentieri.

Il lungo corridoio, condiviso per metà dal Rettorato, aveva un unico bagno per le donne che era ancora sigillato per via dell'inchiesta. Decise di uscire in cortile, il *chiostro*, come lo chiamava Valeria: un colonnato, disposto a quadrilatero, che circondava un lezioso giardino formale all'italiana composto da un basso labirinto di siepi di bosso, accuratamente potato con l'arte topiaria, il cui verde cupo si stagliava sul bianchissimo acciottolato posto nel mezzo delle figure geometriche che, a loro volta, contenevano quelle sferiche ottenute con la stessa tecnica di tosatura del *buxus sempervirens.*

Un insieme che rimandava, ridimensionato e rielaborato, a un chiostro Benedettino o Francescano, dove, al posto dei novizi, passeggiavano le *matricole* del primo anno assorti nella lettura di qualcosa in latino che declamavano come fosse la lettura di un messale.

Si fermò appoggiando la schiena a una delle colonne con l'intenzione di mimetizzarsi, carezzò delicatamente l'icona tra i *preferiti* del suo *smartphone* che si affrettò a portare all'orecchio. Si voltò a guardare in giro più volte, per accertarsi che non ci fosse qualche conoscente.

– Pronto, Valeria?

– Ciao, Flò.

– Che fai?

– Studio, che faccio…

– Sì, scusa. È per l'esame di storia?

– Sì, quello... due palle!

– Dai, non preoccuparti. Posso parlarne col docente…

– Magari! Mi basterebbe un ventuno.

– Per quello, devi studiare; il ventotto… può diventare…

– Sì, vabbè…

– Dove pranzi?

– Non ho ancora deciso se in mensa o da Gemma…

– Gemma chi?

– Gemma… non la conosci.

– Perché non pranziamo insieme a casa?

– No, poi facciamo tardi…

– Magari… Gemma è più sbrigativa…

– Tranquilla è etero…

– Nasciamo tutte etero…

– Quella c'è rimasta; ciao Flò, ci sentiamo stasera.

– Ciao, amore.

Rientrò di cattivo umore. Se ne accorse il professor Levi che la interrogò con gli occhi.

– Niente di grave: il b-a-g-n-o ancora c-h-i-u-s-o…

Le capitava di sillabare, rivolgendosi a lui, come se fosse sordo. Si ravvide, completando velocemente la frase:

– Mi tocca usare quello di sopra.

– Potrebbe usare il mio, se vuole. – Intervenne Grimaldi.

– Grazie, molto gentile preside, ma mi imbarazzerebbe.

Mancava poco alle due. Era tentata di richiamarla, dirle che avrebbe cucinato gli spaghetti col pesto; un pasto sbrigativo che ben si combinava con il breve intervallo, e le sarebbe rimasto anche del tempo per coccolarla.

Stava per andare, fu fermata dal preside che le chiese se poteva stampargli l'allegato alla mail del dottor Episcopo.

– Lo devo rilegare?

– Sì, magari. – Disse, uscendo.

La prossima mezz'ora l'avrebbe impiegata a stampare e rilegare. Per convincerla di tornare a casa a mangiare, sarebbe occorso lo stesso tempo. Si rassegnò

Decise di invitare a pranzo il professor Levi. Era da un pezzo che non lo faceva. Avrebbe colto l'occasione di assecondarlo della sua incredibile esperienza.

Avrebbero usato il *word* come mezzo di comunicazione verbale per lui. Un'idea suggeritole da un articolo sullo scienziato Stephen Hawking che usava un sofisticato software in grado di tradurre in parole scritte i suoi movimenti facciali e oculari.

– La tua menomazione non è poi così grave. Sarebbe bello che tu mettessi per iscritto tutto quello che hai da raccontare, la tua speciale esperienza di vita potrebbe diventare un interessante libro e poi... faresti a me un grande piacere. – Lo aveva esortato un pomeriggio.

Denominò il file: *Heri dicebamus*; con la dedica sotto il titolo: *A Flora*.

Samuele aveva gradito il pranzo. L'unico inconveniente era stato il prosciutto. Aveva dimenticato che non lo mangiava per l'usanza *Kasher* della sua famiglia che non lo avevano mai abituato a quel sapore. – *Che una volta* – le raccontò – *furono invitati a pranzo da una famiglia romana orgogliosa di mettere a tavola i bucatini all'amatriciana. Un dramma per loro quattro: già l'odore aveva fatto sbiancare i loro volti; lui e il fratello guardarono imploranti il padre affinché potesse riferire ai padroni di casa che non potevano mangiare quel piatto che sarebbe stato, come per loro, mangiare qualcosa con l'odore di un cane cucinato; che la conversione non poteva includere anche il sacrificio di mangiare carne di maiale. Mangiarono, ma fu l'ultima volta che il padre li portò a pranzo in casa di Cristiani.*

Rimediò con i diversi formaggi, compreso il *Tilsiter*, e completò con il cannolo siciliano: due cose che teneva nel frigo in serbo per Valeria.

Samuele si accomodò sul divano a smanettare sul notebook mentre lei preparava il caffè.

Lo raggiunse porgendogli la tazza. Sul monitor era già aperta la prima pagina del suo diario. Bevvero in silenzio, mentre lei rilesse l'incipit:

Devo la mia carriera di filologo e la consapevolezza della mia "diversità" a un tema in classe per la Santa Pasqua, quando un vecchio *latinista*, costretto a insegnare alle medie inferiori, correggendo il mio compito, esclamò: *"Fronzuto, Samuele, fronzuto; come dire: barbuto". Come i tuoi virili parenti che si uniscono in preghiera ogni giorno. Questo potrebbe essere il giusto termine per raffigurare un possente albero, non il tuo "frondoso" più consono alle mollezze verbali di noi Gentili.*

E l'albero divenne vivo, come se l'avessi sempre conosciuto, come un parente maschio del mio clan, i portatori della barba incolta: padre nonno zii e ogni altro maggiorenne che mi abbracciavano a ogni incontro facendomi sentire il solletico sul viso e un odore caldo di bambagia.

In effetti, il mio termine *frondoso* poco si addiceva a raffigurare il maestoso *cedro del libano* piantato davanti al Tempio. *Fronzuto* era più idoneo per quell'albero *aghiforme,* più pungente.

Restò per il resto della lezione a spiegarci l'efficacia delle parole. Ne rimasi affascinato, decidendo che sarebbero state il mio pane; che avrei studiato quei suoni labiali, palatali, dentali, gutturali; l'emissione, dei quali, poteva definire le cose, ma anche decretarne lo splendore o la miseria.

Il vecchio professore di lettere rimase solo due mesi, per poi scomparire in una lunghissima assenza per malattia.

Non riuscii a comprendere se le sue allusioni alla mia genia fossero di compartecipazione o disprezzo. Già in occasione del suo primo appello in classe, aveva voluto aggiungere al mio cognome anche il nome:

– *"Levi… Samuele."*

– *"Presente!"* – Risposi.

 E lui:

– *"Per tua fortuna."*

Un ambiguo commento che non compresi se alludesse al felice destino di essere rimasto vivo o a quello di averla *scampata*.

Samuele posò la tazza sul tavolino e si voltò verso di lei in attesa della sua storia. Lei gli si accostò poggiando la testa sulla sua spalla, cominciò:.

– Si chiama Valeria. Ha la metà dei miei anni. Non avrei mai immaginato potesse ancora accadere; non è come Francesca, Luisa, Simona e tutte le altre incontrate per un giorno e poi… più niente. Ci amiamo.

Lui poggiò una guancia sulla sua nuca, in attesa del resto.

– Cos'altro posso dirti che non ti abbia già detto il mio recente comportamento? Tu l'avevi capito, ti mancava il nome. Ora lo sai.

La sua testa continuava a restare sulla spalla di Samuele, cullata dal suo respiro calmo e profondo. Un piacevole dondolio che assecondava il suo lento racconto:

– Non avrei mai potuto immaginare che da quella sciagura ne potesse derivare la mia fortuna. E tutto per quella foto apparsa sul giornale accanto a quella mia, dove sono seduta in lacrime subito dopo la scoperta.

Sull'altra c'era lei… non so bene per quale motivo… ma sì, lo so bene: mi attizzava… – rise – la mia foto, non poteva attizzare nessuno, se non provocare l'indiscutibile certezza delle lettrici di essere io l'assassina, l'unica presente in quel bagno delle signore, cioè il mio e di Adelina. Non mi era molto simpatica, ma da qui ad ammazzarla…

Samuele scostò di colpo la spalla, sollevandosi in piedi. Batté con l'indice il quadrante dell'orologio a indicarle che si era fatto tardi. Si avviò deciso e da solo verso la porta.

Restò seduta sul divano, sconcertata da quel rapido e inaspettato distacco: cosa poteva averlo turbato? Forse, non avrebbe dovuto parlare di Adelina con quel tono scherzoso? Sì, non avrebbe dovuto…

Udì il rumore del chiavistello e subito la voce di Valeria:

– Zia Floo… sono io, Valeria, sto con Gemma una mia amica…

(Zia Floo?...)

– Ciao zia, lei è Gemma.

– Piacere Gemma, Flora.

– La zia Flora ora ci offre il cannolo, vero zia?

– No. Lo ha mangiato Samuele…

– Samuele? Vi date già del tu? Ma tu guarda la zietta.

L'amica abbozzò un provinciale e imbarazzante sorriso.

– Sei una fuori-sede anche tu? – Le chiese, tanto per parlarle.

– Sì, sono una fuori-sede.

La sua diversa pronuncia delle vocali indicava chiaramente la sua origine salentina. Restò in piedi con un libro stretto al seno e lo sguardo che spaziava spaesato in attesa che Valeria uscisse dal bagno. La osservò. Non era granché: leggermente grassottella, mal pettinata e brufolosa lungo la mandibola.

Continuò con qualche altra domanda, per toglierla dall'imbarazzo dell'attesa:

– Abiti da sola?

– No, siamo in quattro.

– In un appartamento?

– Quasi, due sole stanze con annessa cucina.

Sopraggiunse Valeria con l'aria indaffarata:

– Allora, zia Flò, noi andiamo…

– Di già? – chiese, poco convinta.

– Abbiamo fretta, dobbiamo studiare… noi.

Le salutò restando seduta.

Sorrise tra sé, guardandole andare via. L'allusivo congedo, per giustificare la frettolosa visita, altro non era stato che il suo modo di farle capire che era venuta soltanto per farle vedere l'amica… com'era, l'amica.

"Zia Floo…" – rifece il verso, sorridendo.

Trovò il preside seduto accanto a un uomo dal lato ospite della scrivania, cosa che abitualmente faceva solo con le persone di riguardo.

– Ecco la nostra signorina Flora. – Si alzò, per cederle il posto.

– Le presento l'ispettore...

– *Boccuzzi*... – Si presentò l'uomo, restando seduto.

– Vi lascio da soli. – Uscì, il preside.

Le sembrò di essere in un luogo non suo, si sarebbe dovuta sedere, ma non lo fece. Restò in piedi nel mezzo delle due scrivanie mentre quello era intento a sfogliare un fascicolo contenente pochi fogli; sembrava ne cercasse uno, in particolare, che non riusciva a trovare. Le parve che stesse temporeggiando, visto i pochi fogli che continuava a rigirare inutilmente.

– La prego, si accomodi.

– Preferisco stare in piedi.

Non le andava l'idea di tornare a sedersi nel centro di quella stanza, e su quella stessa sedia mentre la interrogavano. Aveva già dato. Sarebbe stato più dignitoso restare in piedi, più disinvolta.

– Come preferisce; dunque... le volevo chiedere... lei era amica della dottoressa Ambrosetti?

– Amica... – abbozzò un sorriso.

– Perché ride?

– Niente, mi era venuto di aggiungere qualcosa che forse non è il caso...

– Invece no, è il caso che mi dica tutto...

Rifletté un attimo: avrebbe voluto dire "amica di cesso" così come riferiva a Samuele parlando di Adelina.

Rispose esitando:

– Stavo per dire: amica di…bagno…poiché era solo lì che… ci incontravamo.

– Nessuna intimità?

Rimase perplessa sulla domanda. Che cosa voleva intendere con "nessuna intimità?" Chiese:

– Che cosa vuol dire?

– Non so, per esempio: scambio di confidenze intime… come si fa tra donne.

– No. Nessun discorso di questo tipo. Solo quelli che concernevano il nostro lavoro; ci limitavamo a dividere a metà il cappuccino per motivi di dieta, e basta.

– Vuol dire che usavate la stessa tazza?

– Sì, esattamente.

– …

– Quelle scarpe che abbiamo… prelevato… quella mattina…

– Le pantofole, intende?

– A me sono sembrate delle semplici scarpe basse.

– Sì, sono quelle che uso qui sul lavoro: sono più comode.

– Le raccolse la bidella dal bagno?

– Sì, per la fretta non le avevo calzate; lasciandole lì, per terra.

Era plausibile che facesse quelle domande; si rendeva conto che fossero funzionali all'indagine, ma era nervosa comunque: quello stare in piedi, era stata una cattiva scelta, le pareva di essere una studentessa alla cattedra; non la agevolava. Chiese, come fosse stata un ospite:

– Posso sedermi? …

– La prego, che domanda…

– È per quella foto… la trovo ovunque, ormai…

– Sì, capisco. Ma io avrei finito. Può pure accomodarsi al suo posto. – Si alzò per salutarla:

– A rivederla… dottoressa…

– Solo signorina … dottor?…

– Boccuzzi…

– Sì,… Boccuzzi.

Lo accompagnò alla porta, dietro la quale erano in attesa di entrare Grimaldi e Levi. Il preside si diresse al suo posto. Levi si attardò più dietro, le passò davanti sfiorando con le dita tutto il bordo della sua scrivania. Si fermò un attimo, la guardò e socchiuse le labbra come se volesse dire qualcosa. Restò in attesa, interrogandolo con gli occhi; lui scosse il capo, esprimendo un leggero diniego.

Lo vide avviarsi con estrema lentezza per sedersi alla sua scrivania, dove restò immobile con lo sguardo fisso nel vuoto e le mani poggiate sul tavolo.

Cominciò a raccontare a Valeria della visita di Boccuzzi, ma non la ascoltava, era assorta in altri pensieri.

– Mi ascolti Vale?...

– Sì, ho sentito. – Rispose, continuando a guardare la televisione.

Non aggiunse altro, tirò su le gambe per rannicchiarsi nel suo solito angolo, stringendo un cuscino.

La lasciò stare, assorbita dai suoi pensieri. Non erano per l'esame di Storia, ma quello se accettare di posare per un'altra opera. Si trattava di una *performance* nella quale il suo ruolo avrebbe dovuto essere quello della *baciante*, come il titolo. In pratica, doveva restare tutto il tempo a sbaciucchiare il torso nudo di un body-builder cazzuto e tatuato. Prestazione di non gradevole esecuzione ma, soprattutto, di scarsa partecipazione emotiva come le aveva già riferito: – *Non è la stessa cosa della donna seduta, capisci?* Non poteva darle torto: quella performance, era più una compiacente raffigurazione per un pubblico voyeuristico che una logora rappresentazione del sociale, come voleva far credere l'autore dovesse essere:

L'idolatria moderna di un feticcio; – la conferma del suo atteggiamento maschilista – ma non riusciva a esserle antipatico, gli doveva la grande opportunità del suo incontro con Valeria.

Aveva tentato di persuaderla ad accettare, adducendo la ragione di una possibile esclusione ai futuri lavori del performer: gente proverbialmente schizzinosa.

Non ritenne opportuno tornare sull'argomento, era bene che decidesse da sola. Riaprì il notebook e lesse il seguito del suo amico.

Mio fratello Davide sposò Rebecca Lieberman e si ricongiunse al nostro popolo in Israele. In passato non aveva mostrato alcun interesse alla conversione di nostro padre né, tantomeno, mostrato interesse alla nostra origine. Ne avevamo discusso da adulti, tanto per parlare: nessun coinvolgimento emotivo o sentimento di appartenenza. *"Ha solo cambiato testamento,"* ironizzò Davide; convinto che fosse passato dal vecchio al nuovo per opportunismo commerciale. Ridemmo al pensiero che il vecchio avesse ritenuto più opportuno, per i suoi affari, frequentare il sagrato affollato della Domenica piuttosto che la desolata Sinagoga del Sabato, presenziata dai pochi sopravvissuti e da quelli non decisi a raggiungere il monte Sion.

La sua scelta di riconversione, invece?

Era stata Rebecca?

Non mi era parso che mia cognata fosse l'Ebrea ortodossa da radersi i capelli prima di sposarsi. Era di quelle fin troppo emancipate con un pensiero fresco, libera da ogni condizionamento fideistico.

L'avrei sposata volentieri io, era sicuramente il mio tipo. Mi piaceva quella figura snella, ossuta, ma con le rotondità piene dalle quali non riuscivo a distogliere lo sguardo ogni volta che la incrociavo mentre usciva dall'unico bagno di casa con indosso una leggera vestaglietta di seta appena più bianca della sua pelle: dodici passi cadenzati ed eleganti per raggiungere la sua stanza, come una sposa col più sexy degli abiti nunziali. Avrebbe potuto scegliere quella *mise* per il suo matrimonio, per l'invidia di tutte le *gentili* e la goduria dei *goym* che le accompagnavano.

La mano sulla maniglia e il capo che si voltava per salutarmi: *"A più tardi, Samuele"* che equivaleva *"All'anno prossimo, a Gerusalemme"* di gente destinata a perdersi, senza più incontrarsi.

Allora, sì, che avevo invidiato mio fratello, che avrebbe mostrato con orgoglio il suo fallo col glande a vista a una donna che l'avrebbe apprezzato, prima di accoglierlo tra le sue bianche cosce.

Il mio, di pene, non avrebbe avuto altrettanta gradita accoglienza per via di quel peduncolo che continuava a tenere insieme la cupola col resto.

– Che cosa stai leggendo? – S'incuriosì Valeria.

– Una specie di autobiografia, quella di Samuele...

– Di cosa parla?

– Questa pagina... del pene. – Rise.

– Del cazzo?

– Sì, pare che quello di un Ebreo sia diverso da quello di un Cristiano.

– Non pervenuto. – Borbottò, Valeria.

– Ti leggo questo:

Credevo potesse essere questo il motivo della mia nevrosi. Ne parlai al mio terapeuta, che era di scuola *Adleriana,* più propenso a valutare la relazione parentale che una simbologia del sesso, come i *Freudiani* insistevano...

– È stato in psicanalisi?

– Sì, per molto tempo.

– Roba da ebrei.

– Infatti, lui stesso ironizza su questo. Senti il seguito:

...mi ero immaginato i due Rabbini dell'inconscio seduti a un bar del Ring di Vienna, mentre maturavano la loro scissione sul mio caso: Il dottor Sigmund Freud proteso al fallo di mio fratello e il dottor Alfred Adler a confutare che il cazzo non c'entrava niente, ma che era la secondogenitura da prendere in considerazione. Con la conclusione del fondatore che quell'analisi poteva interessare una nuova disciplina che avrebbe denominato: sociologia. Non certo: psicanalisi.

Mio padre mi ripeteva spesso che il *Messia sarebbe sceso sulla terra il giorno in cui due Rabbini si sarebbero trovati d'accordo almeno su uno dei versetti del Talmud...*

– Ti affascina tutta questa roba?

– Sì, m'interessa.

– No, ti affascina. È' diverso.

– E se pure mi affascinasse?...

Si precipitò sul suo angolo per solleticarla sotto sotto le ascelle e in mezzo ai seni. Valeria cominciò a ridere rannicchiando il corpo:

– Smettila ti prego!

– No, non smetto...

Valeria riuscì a prendere con una mano il piccolo cuscino che teneva sotto la testa, cominciò a colpire Flora che prese l'altro per iniziare una battaglia colpendo meno dei colpi che riceveva. Scappò in stanza da letto inseguita da Valeria che gridava:

– Dai, coraggio, colpisci!

– No, basta... perdono... – la supplicava lei, ridendo.

Finirono sdraiate sul letto ansimando.

– Che scema...

– Oddio, non ce la faccio a respirare… sono diventata vecchia….

La stessa infantile battaglia tante volte intrapresa con il fratello Vittorio, nella quale aveva avuto sempre la peggio, ricevendo, alla fine, lo sconsolante rimprovero della madre che la faceva restare di cattivo umore per l'intera giornata: – *Di essere un maschiaccio.* Non le piaceva quel termine. Voleva essere considerata una femminuccia, senza quell'oscenità molliccia tra le gambe, altro che invidia del pene!

Erano bambini: lei, sette; Vittorio, nove.

Si erano incontrati, l'ultima volta, cinque anni prima, in uno studio notarile. Le sembrò enorme, con un faccione abbronzato e i capelli già grigi. Si salutarono scambiandosi un bacio sulla guancia, per restare in un imbarazzante silenzio in attesa di entrare nella stanza del notaio. Un'incredibile e interminabile pausa; lei sfogliava un vecchio settimanale mentre il fratello continuava a leggere la copia dell'atto che gli aveva consegnato l'impiegato: la donazione in vita dell'appartamento di famiglia.

Non riuscì a capire una sola parola di quello che lesse frettolosamente il notaio. Aveva solo voglia di lasciare quel posto, angosciata di doverlo baciare di nuovo.

– Vale… com'è stata la tua vita?

– Non posso lamentarmi.

– Tua madre?…

Valeria le rispose tranquilla, senza enfasi, che la madre, l'era sembrato, avesse capito tutto sin dalla sua adolescenza. Non le aveva mai chiesto nulla, circa eventuali fidanzatini e cose del genere. Anzi, l'aveva sollecitata più volte a invitare a casa qualche sua amichetta…

– E tu, le invitasti?

– Sì, qualcuna: a sedici, conobbi Giuliana; venne a mare con noi. Andavamo da sole al largo sul pattino… dormivamo insieme… restavamo in casa il pomeriggio… insomma, così…

– E poi?

– Poi: Federica, Roberta, Patrizia,… no, Patrizia prima di Roberta; Giovanna… Caterina: tutte sposate.

– Già, tutte sposate come le mie… come farai pure tu, immagino?…

Valeria rimase in silenzio. Allungò il suo braccio per cercare la sua mano. Lei la raccolse, stringendola.

Entrambe restarono a fissare il soffitto in silenzio mentre le due mani unite iniziarono un loro dialogo fatto di morbidi palpeggi.

– Dovremmo pitturare di grigio il soffitto. – Ruppe il silenzio, Valeria.

Non le sarebbe mai venuto in mente di colorare grigio il soffitto: la proposta le giunse come un'epifania, un regalo esageratamente grande contenuto nel semplice termine 'dovremmo'. Un progetto che dilatava il tempo futuro, non previsto. Le strinse forte la mano, restando con gli occhi fissi a guardare il soffitto che prendeva quel magico colore. Sussurrò, con una vocina incredula:

– Perché grigio?...

La domanda non aveva alcuna intenzione di aprire una discussione sulla scelta del colore, avrebbe potuto proporle il rosso, l'arancione, il viola o qualsiasi altra tinta; la domanda implicita sarebbe stata la stessa: *perché vuoi restare con me?*

– È il colore che associo a te quando ti vedo arrivare; lo scorgo da lontano; mi rassicura… – rispose alla sua sottintesa domanda.

Stentava a credere, ma non avrebbe banalizzato esplicitamente la richiesta: quel colore improponibile per il soffitto era un suo modo di mettere un'impronta, una chiara pretesa di condivisione del luogo. Era particolarmente emozionata, strinse ancora la mano di Valeria e fece una giravolta per poterla abbracciare.

La baciò sugli occhi:

– Grigio come?...

– Grigio vecchietta... – rise, Valeria.

– Perché non grigio topona... – le infilò la mano tra le cosce.

Valeria non resistette al solletico, si dimenò per scrollarsela da dosso procurandole un ruzzolone giù dal letto. Lei quasi piangeva per la botta, Valeria si affiancò per consolarla, carezzandole l'anca.

Restarono per terra.

– Ti fa male?

– Solo un po'.

Valeria continuò a frizionare con dolcezza la sua natica, procurandole un lieve dolore che percepiva appena, presa, com'era, dalla voglia di scegliere sulla sua mazzetta di colori *Pantone* il grigio più idoneo, e dalla probabilità di voler tinteggiare personalmente la volta. Lo aveva già fatto molti anni prima, con la diligenza della dilettante. Si era procurato tutto l'occorrente, compresa quella mazzetta che doveva stare da qualche parte.

– Che stai pensando?

– Alla mazzetta di colori...

– Cioè?

– Se sono davvero cinquanta le sfumature...

– Hai letto quel libro?

– No, non è il mio genere.

– Già. Sono più interessanti i falli ebraici... – spinse il suo pugno chiuso in mezzo ai glutei.

– Ahi! Mi fai male... non sarai gelosa di Samuele?

– Solo un po'...

– In che senso?

– … di quella piccola lucina nei tuoi occhi… quando lo leggi…

– … *quella piccola lucina nei tuoi occhi…* – scimmiottò lei; non senza sorprendersi che Valeria avesse potuto notare una cosa che, inconsapevolmente, le capitava durante la lettura di quelle pagine: lo aveva notato restando rannicchiata nel suo angoletto, nonostante il suo ingombrante pensiero che le sconvolgeva i lineamenti in una smorfia di disgusto. La abbracciò forte, assicurandola che non era una *"bisexual",* ma solo una fottutissima *"lesbian"* innamorata di lei e affezionata al suo amico Samuele.

Samuele era assente da una settimana.

Quel posto era stato lasciato in silenzio, e rimasto in silenzio. Le mancava il fruscio dei fogli, il colpettino di tosse, il suo privato messaggio *Morse* con le nocche.

– Notizie del professor Levi? – Chiese a Grimaldi.

– Io, no. Lei, piuttosto?

Il tono le sembrò malizioso; in quello spazio ristretto, non gli era sfuggita la sua *particolare* amicizia con l'anziano docente. Non assecondò la sua allusione, decise di rispondergli vagamente:

– Assolutamente nessuna.

– Bisognerebbe fare qualcosa per sapere cosa gli è accaduto: vive da solo.

Disse il preside con un tono evasivo, mentre lo sguardo spaziava sulla tastiera del suo PC alla disperata ricerca di un qualche tasto. Avrebbe preferito non usarlo mai, ma era costretto per l'uso riservato della sua corrispondenza a utilizzare: – *l'infernale marchingegno, che mai sarebbe dovuto entrare nel luogo dello studio delle lettere che ora viaggiavano nell'etere in un'immateriale sequenza di zero-uno, zero-uno, alla mercé di una non improbabile tempesta magnetica che avrebbe potuto riportare l'umanità indietro di almeno duecento anni.*

Una catastrofica previsione che riferì un giorno al suo dirimpettaio, filologo Ebreo, assieme all'altra malefica congettura:– *che il fondatore della Facebook Inc. fosse un agente dell'internazionale Ebraica che tramava per impossessarsi della privacy dell'intera umanità Cristiana, violare le loro carte di credito e sottometterli al popolo eletto da Dio.*

Samuele gli aveva sorriso, annuendo fortemente con il capo, come se ciò fosse augurabile accadesse. Un suo modo ironico di glissare un argomento già trattato nel suo diario:

A niente sarebbe servito riferire della mia vita vissuta tra gente le cui "ordite trame" si dipanavano in verbosi e polemici discorsi che poco avevano a che fare col silenzio e la discrezione che una setta segreta deve ottemperare. La sartoria dello zio Saul, il luogo dei segreti incontri: il barbuto artigiano che non smetteva di parlare nemmeno quando staccava con i denti il pezzo di filo dal rocchetto del *filofort-tre-cerchi-rosso*, nel timore che la temporanea sospensione potesse essere occupata da un'altra tesi sul *kasherut* o sulla festa del *bar mitzvah* di un qualche giovane parente. Festa che non mi sarebbe mai toccata celebrare, per la scelta di: *"Quell'infame di tuo padre"*, unica nota rilevante della congiura Ebraica in quel luogo saturo di anidride carbonica per via del ferro da stiro a carboni che mi procurava un gran mal di testa mentre gli altri restavano perfettamente a loro agio in quell'aria avvelenata.

Era un pezzo del suo amico Samuele che le piaceva rileggere. Racchiudeva un'amara e scherzosa considerazione sulla sua "diversità". Una diversità che l'aveva accomunata, sentendosi anche lei una *sopravvissuta* al venefico gas nel suo ridicolo tentativo di suicidio: aveva frequentato Paola per più di tre mesi, erano compagne di classe al Ginnasio. Nell'intimità dello studio del latino, nella sua stanza, la prima forte attrazione era stata olfattiva: quello dell'antico profumo Mitsouko di Guerlain. Una fragranza sensuale di bergamotto e vetiver che le rimaneva addosso per gli altri giorni che non s'incontravano. Ritornava a riprendere il maglioncino dall'armadio per annusare la manica, quella destra, che era rimasta appiccicata a quella dell'amica per tutto il tempo del ripasso. In seguito, l'odore divenne più eccitante: era quello che le restava sulla mano, misto a quello della sua intimità. Si perfezionava, diventava più caldo, più personale: era quello di Paola, solo il suo; da esitare non poco a lavarsi quella mano, fino al prossimo incontro, quando, declinando un sostantivo, la allungava tra le sue gambe per raggiungere il già umido e leggero tessuto delle sue mutandine; ne scostava il bordo orlato: – mulieee-reees, mulieeee-ruuum, mulieriiii-buuus... due volte la settimana per tre mesi. Alla fine dei quali, aveva tentato di baciarla sulla bocca. Il rifiuto fu netto e sdegnoso, il suo volto divenne paonazzo, le narici si arricciarono storpiandole il bel naso, gli occhi azzurri divennero vetrosi, le sue parole mortalmente sprezzanti: – *che non si sarebbero mai più incontrate, che lei non era una lesbica!* –

Tornò a casa camminando come un automa, salì la scala per raggiungere il mezzanino dove la madre aveva fatto sistemare una piccola cucina a gas per la donna di servizio, girò tutte le manopole dei fornelli e si sedette per terra, poggiando la schiena al muro, in attesa della silenziosa morte: le sembrò di sentirne l'odore; abbassò le palpebre per chiuderle per sempre...

Nel dormiveglia sentì la voce lontana della madre che urlava il suo nome. Poi l'urlo divenne più netto, vicino: *"Flora!"* Si svegliò.

La madre in piedi borbottava qualcosa per il fatto che ormai si addormentava dappertutto; si lamentò che Giustina avesse lasciato tutte le manopole aperte: *"Ma tu guarda quella, che per fortuna è una cucina moderna..."* Lasciando intendere qualcosa che non aveva mai realizzato, cioè: che dai fornelli non usciva il gas se non c'era la fiamma, come le spiegò la madre. *"Per fortuna!"* Gridò lei, sentendosi davvero fortunata per essere scampata alla morte, e felice di non aver mai approfondito la dinamica fuochista di quei fornelli.

Un episodio che volle raccontargli: non l'aveva nemmeno rivelato nei centocinquanta minuti trascorsi nell'ovattato studio di psicanalisi. Un tempo troppo esiguo e molto costoso per denudare un vissuto che cominciò a credere di non avere mai vissuto. Al terzo, di quegli incontri, uscì per strada e sentì un profumo di biscotti appena sfornati: era l'aria primaverile che da sempre la incontrava in quel modo, in coincidenza con la Pasqua. Decise di percorrere a piedi tutto il lungomare, andata e ritorno; poco più di cinquanta minuti trascorsi a rinfrescarsi la mente nella brezza: non era malata, non era perversa. Che se anche fosse stata vera una delle due ipotesi, restava comunque lei, con il suo corpo e con la sua testa a riempire lo spazio e il tempo nell'attesa che qualcosa accadesse, come per tutti.

Non sarebbe tornata a sedersi per spifferare ogni cavolata che le passava per la mente, ripescandola in ricordi passati, piuttosto che nei desideri del futuro. Tutta qui, la risoluzione del rebus: un profondo respiro di aria salmastra.

Le sembrò normale raccontare ogni ricordo del suo passato a lui: Ebreo di nascita, Cristiano per conversione paterna e ateo per convinzione; che aveva vissuto la sua intera vita a doversi fare accettare da chi, come Grimaldi e Adelina, lo sospettavano di ogni nefandezza, e che non avevano avuto alcuna difficoltà a influenzare l'intero consiglio di facoltà del fatto che un *deicida-pagano* non potesse varcare la soglia di un monastero per sanare la sua già conclamata demenza senile.

Grimaldi continuava la disperata ricerca di un introvabile tasto che, appena trovato, lo schiacciava col dito come una fastidiosa cimice, per verificarne la morte sull'altrettanto enigmatico monitor.

– Posso aiutarla, preside?

Lui si sorprese di essere stato pizzicato nella sua impacciata ricerca delle lettere, bofonchiò una qualche imprecazione prima di risponderle:

– La ringrazio, ma è una mail riservata. Sto per battere il record di dattilografia più lenta del mondo. – Sembrò ironizzare.

– Non si scoraggi professore. Pensi al tempo guadagnato per l'invio di una lettera cartacea.

Grimaldi sollevò lo sguardo sopra la montatura dei suoi occhialini da presbite che si affrettò a togliere per inforcare quelli da lontano che gli davano un'aria professorale:

– Sì, d'accordo. Sarà più veloce; ma vuole mettere la discrezione dell'insabbiare o procrastinare. Ora, non si può più. Dall'altra parte la *spunta di lettura* t'inchioda a non poter ignorare o fingere di non aver preso visione. Si è costretti a rispondere, a prendere una decisione subito, magari affrettata; quando si poteva, invece, meditare con calma e ponderatezza sul da fare. Quelli del ministero, poi, la certificano pure. Questa non è più libertà. – Disse alterando il tono della voce nel finale.

Avrebbe voluto confutargli un paio di cose, circa la snellezza di alcune procedure e la maggiore *trasparenza* di altre; decise di tacere.

Le tornò il forte desiderio di incontrare Samuele: avrebbe atteso ancora un giorno, poi sarebbe andata a trovarlo.

Erano anni che non saliva su un mezzo pubblico. Non poteva più fare affidamento all'uso della sua *Smart*. Valeria se ne serviva a tempo pieno – *Prendo io l'auto, Flò* – un superfluo avvertimento; semmai, avrebbe dovuto lei, eventualmente, comunicare l'occasionale notizia, che era lei a prenderla.

Sul bus trovò, già seduta, una giovane prostituta di colore: aveva una bocca enorme con un solco profondo sul labbro inferiore, un'incisione netta, scolpita, che rendeva il volto come una maschera di mogano di una divinità nera seduta sul suo strapuntino rialzato, in fondo alla vettura, come un piccolo trono sovrastante la corte; non degnando un solo sguardo ai cortigiani sottostanti. La cortissima minigonna, rosso qualcosa, riusciva a coprire appena la nudità pronta all'uso, ma che celava garbatamente con una pudica compostezza, tenendo strette le sue gambe e le ginocchia abbassate. I suoi occhi fissavano un punto lontanissimo: oltre il mare e il deserto, dove il suo elegante e flessuoso corpo avrebbe potuto danzare nudo, senza la volgarità di quel travestimento.

Questo immaginava, non distogliendo lo sguardo da quella magica visione, in attesa del tremore meccanico del bus che sarebbe ripartito subito dopo lo sbuffo delle portiere.

Una diversa umanità cominciò a popolare il mezzo, restando in piedi nel corridoio a nasconderle la vista della negretta; una popolazione che sembrava abitasse solo in quel luogo: degli apolidi costretti a vagare per sempre su quel traghetto urbano da dove non scendeva nessuno, salivano soltanto. Come la donna enorme, abbigliata di capi ammassati sul suo corpo come fosse un appendiabito: diverse le fogge, come diversi erano i colori. Trascinava uno sgangherato *trolley* nel quale s'intravedevano altri tessuti e bottiglie di plastica che sbordavano da ogni possibile foro di quel rimorchio ambulante. Non si sedette, restò in piedi nel corridoio, squadrò tutti con lo sguardo severo di una *Pentesilea* che stava per impartire un apocalittico e duro monito. Urlò: "Lusinghe, miei cari… solo lusinghe…"

Era solo il preambolo di un farneticante discorso che prevedeva l'imminente fine del mondo. Una fine non proprio conclusiva, giacché sarebbero rimasti sulla terra solo i meritevoli come lei e qualche altra sorella di una potente congrega di Amazzoni: nessun maschio avrebbe mai più potuto violarle. Avrebbero gioito, soltanto loro, delle bellezze naturali di un mondo che sarebbe ritornato a essere quello Evitico dei giorni della creazione.

Nessuno osava contraddirla. Semplicemente, ignoravano l'idilliaco discorso di quella matta urlante.

Riuscì a intravedere il bianchissimo sorriso della giovane prostituta, divertita da quel curioso monologo. Sorrise anche lei, scambiando un furtivo sguardo tra le quinte della gente.

Non le apparivano meno matti i telefonisti compulsivi che chiamavano continuamente qualcuno per accertarsi che esistessero, che stessero al loro posto, a fare quello che avrebbero dovuto fare, ammonendoli a farlo a mogli, figli, madri e colleghi che fossero:

– *comestai… dovestai… cosafai… perchènonfai… perchènonvai…perchènohai…*–

Una coppia di anziani dava l'impressione di essere aliena a tutto il resto. I due, sedevano tenendosi ritti sulla schiena a osservare quella strana gente che li circondava. Più intimidita la donna, che stringeva a sé un'enorme borsa, mentre l'uomo vigilava affinché nessuno osasse avvicinarsi: le mani poggiate sul manico dell'ombrello che teneva tra le gambe come fosse una spada pronta per essere sguainata.

Dal capolinea a casa di Samuele c'era da percorrere circa trecento metri di una strada dritta, semi asfaltata, senza marciapiedi. Intorno, una spianata bianca, terrosa, composta più da detriti edili che di terra vera, in mezzo ai quali spuntavano dei ciuffi di erba impolverati dai colori del materiale di risulta abbandonato: rosso mattone, grigio cemento, bianco calce e altri, d'indefinibile descrizione, provenienti dalle più svariate pitture d'intonaci: una tavolozza impiastricciata di colori rinsecchiti in fondo alla quale, il giardino di Samuele, appariva come una riserva boschiva protetta, le cui alte alberature di tiglio, platani, magnolie e cedri, spiccavano come esemplari di una vegetazione estinta, dai dintorni, da millenni .

Il cancello era semichiuso. Si affacciò sull'uscio e intravide Samuele seduto sul patio con un plaid sulle gambe. Gridò felice: "Samuele"! Non ricevette risposta. Si affacciò una donna corposa dall'aspetto slavo: "Professore, malato", urlò, come per dissuaderla ad entrare. Restò bloccata, indecisa sul che fare, quando, dalla stessa porta d'ingresso della casa, notò un signore dall'aspetto imponente con una folta barba bianca e dai modi distinti che la sollecitò: "Prego, entri pure." Rinchiuse il cancello e si avviò verso il terzetto che la attendeva immobile sul patio. Il riverbero della luce crepuscolare e lo spesso manto di foglie secche rendevano l'insieme di un colore giallognolo, come una vecchia foto virata a seppia.

Proseguì verso di loro, affondando piacevolmente i piedi nello strato di foglie non rimosse: provò finalmente qualcosa della quale aveva solo letto e sentito cantare, non potendolo praticare in una città priva di alberi a fo-

glia caduca; il crepitio delle foglie calpestate le risuonava
gradevole, come dovesse essere quello il naturale sottofondo dei passi di ognuno, piuttosto che l'inesistente suono delle scarpe gommate o quello fastidioso e arrogante
di quelle suolate.

– Allora, Samuele?... – Urlò di nuovo.

Il suo grido le riecheggiò patetico e infantile; né Samuele, tantomeno gli altri, risposero al chiassoso saluto,
restando dov'erano.

L'uomo in doppiopetto precisò subito.

– Il professore ha peggiorato il suo stato.

Aveva usato quel verbo 'avere' come se dipendesse
da Samuele il suo stesso aggravamento di salute, chiese:

– Come sta?

– Come lo vede. – Allargò le braccia, l'uomo.

Lo vedeva: un uomo inesistente, sembrava, persino,
non respirasse.

– Lei...

– Sono il suo medico. – La interruppe, anticipando
la domanda.

– Cos'ha?

– Niente di organico. Solo una reazione isterica, come il suo mutismo.

– Che cosa intende?

– Un po' difficile da spiegare: roba inconscia…

– Cioè: non è muto, né paralizzato?

– Sostanzialmente, no. Potrebbe parlare e alzarsi da
quella sedia se solo il suo inconscio glielo consentisse.
Non so se mi spiego…

– Si spiega chiaramente, ho letto qualcosa di simile:
la cecità isterica, per esempio.

– Brava, proprio quella… ma come fa…

– Mi ero interessata per una mia amica e… la sua
"gravidanza"… isterica. Non ci volevo credere, ma era
tutto vero…

– Una sua amica? – La fissò perplesso il medico.

Non si sottrasse a quello sguardo penetrante che ora la stava spogliando per auscultare il suo ventre e palpare le sue mammelle: *Le duole qui? – Sì, molto – Ha conati di vomito di mattino presto? – Qualche volta – L'ultimo rapporto? – Nessun rapporto, le assicuro – E allora è una pseudociesi – Cioè? – Il termine medico di una gravidanza isterica, si rivesta.*

Distolse lo sguardo da lui e si rivestì, delusa che non avrebbe mai partorito quel desiderato figlio dell'anima.

La badante confermò la diagnosi del medico:

– Sì, il professore a volte parla. Solo qualche volta, però. Spesso, quando dorme.

Il medico si congedò, riferendo alla badante la terapia da seguire.

Lei rimase in piedi davanti a un uomo incartapecorito: nessun segno vitale, solo un raggrinzito insieme di flaccide membra ricoperte da un altrettanto vecchio e logoro plaid di un colore giallo-verde, come la sua pelle.

Provò a parlargli:

– Samuele, sono io, la signorina Flora. Mi senti?

La sua sollecitazione destò soltanto l'attenzione della badante che le rispose con un espressivo e sconsolante diniego con la testa, a sottolineare l'inutilità della domanda. Restarono sospesi per un interminabile minuto, in un'imbarazzante immobilità.

Carezzò la mano del vecchio professore. Come una speranzosa carezza di rincontrarsi nella terra promessa:

– Shalom, Samuele.

– La revedere! – Rispose in sua vece la Rumena.

Due tortore si sollevarono da un mucchio di foglie di colore simile al loro piumaggio, volteggiarono basso per planare poco distante, destituendo due gazze che volarono velocemente lontano, smuovendo l'aria e riempendola con un ridente schiamazzo.

Lungo la siepe di ligustro, che fiancheggiava il cancello di entrata, notò la figura di spalle di un giovane uomo che si allontanava frettolosamente per raggiungere un'auto nera posteggiata poco lontano: s'infilò in macchina e partì velocemente sterzando verso destra per addentrarsi nel campo incolto, anziché proseguire dritto per la strada che conduceva verso la circonvallazione. La manovra le sembrò maldestra, quasi ridicola, perché prese in pieno con le ruote un sacco di cemento semivuoto sul quale le gomme slittarono sollevando un denso e grigio polverone che avvolse completamente l'intera carrozzeria; tentò la retromarcia, finendo sul cumulo bianco di calcina lasciato poco distante; questa volta la candida e leggera nube rimase sospesa creando un effetto *diavolo di sabbia* Arizonico. Si rimise sulla strada principale, lasciando dietro di sé una lunga e nebulosa scia che si dispose diagonalmente sul cammino.

Lei si coprì la bocca e il naso con un fazzoletto e inforcò gli occhiali da sole per ripararsi dall'inevitabile e indesiderata spolveratura di gesso.

Raggiunse la piazzola di sosta del bus e prese posto, spazzolando la polvere dal tailleur con lo stesso fazzoletto.

Volse lo sguardo verso il finestrino, rivide la macchina sull'altro lato della strada. Era inconfondibile, incipriata com'era. Sul parabrezza spiccavano le due lunette scure del vetro, pulite di recente, attraverso le quali scorse il giovane maldestro autista che indossava una cuffia nera con annesso microfonino. Un *telefonista* più attrezzato, pensò.

Valeria non era ancora rientrata. Pensò di farsi la sua *doccia tonificante*, consistente in un alternarsi di un bollente e ghiacciato getto d'acqua che dava la reale sensazione di come la pelle si rilassasse e si rassodasse alle variazioni repentine della temperatura. Non che fosse davvero convinta dell'efficacia, ma le piaceva illudersi che ciò accadesse, che la sua epidermide potesse tornare a essere levigata e bianca come la ninfa che ritrovava distesa bocconi al suo fianco ogni mattina, da qualche mese.

Per quanto tempo, ancora?

Non il tempo inutile, quanto sciocco, trascorso nel tentativo di riconciliarsi con la *normalità* di nome Sergio, giovane ricercatore di letteratura inglese col quale passò circa un anno di un estenuante, quanto affascinante, *flusso di coscienza narrativo*: un soliloquio dietro le cui parole si nascondeva il suo malcelato tentativo di sottrarsi alla realtà di un approccio sessuale – da lei mai sollecitato – che non avrebbe potuto aver luogo per la sua chiara impossibilità di praticarlo. Un tempo lungo, esasperato da smisurate bevute di ordinario whisky di malto Irlandese che lasciavano il segno con l'emicrania – *il mal di testa del Lunedì mattina della nostra signorina Flora* – un tempo di nebbiose notti di Dublino alla ricerca della sua puttana Penelope in un dedalo di strade che odoravano di urina pisciata fresca dai bevitori di birra e bazzicata da loschi figuri d'indeterminata delinquenza com'era la gente di Dublino di quell'epoca.

Non c'era modo di fermare quel complicato monologo, che era il suo rimedio per sfuggire al suo personale disagio. E bevevano.

Ora non aveva voglia di misurarlo, il tempo. Né quello trascorso, tantomeno quello da trascorrere. Le era sufficiente l'istante mattutino della sua perlustrazione visiva: una lunga carezza con gli occhi a percorrere ogni sinuosa insenatura, ogni morbido promontorio, ogni misteriosa gola di quel giovane corpo abbandonato al suo fianco da una qualche *befana* che le concedeva tutto il tempo per rimirare quel dono. Come quello mitico della memoria, quando restava per ore a lisciare col ditino le accennate protuberanze delle sue biondissime *Barbie* americane che pretendeva le regalassero ad ogni occasione festiva.

Era quello il tempo, soltanto quello.

L'ultimo brivido di acqua gelata sul suo corpo le intirizzì i nerissimi capezzoli; se li sfiorò col palmo della mano, lentamente, chiudendo gli occhi per immaginare che fossero le mani di Valeria.

Erano, le mani di Valeria.

Ora c'erano due corpi sotto il getto di acqua tiepida che scivolava lenta a confondersi con il più caldo liquido salivare delle loro lingue che volevano aggrovigliarsi per sempre. E per sempre sarebbero rimaste, se il flusso non fosse diventato gelido.

Si rifugiarono, infreddolite, nell'unico grande telo bianco, sfregandosi reciprocamente per asciugarsi.

– Cosa c'è di buono… zia Flò?

– Smettila di chiamarmi zia!

– E zietta?

– Scema! Non ho avuto tempo di preparare qualcosa, sono stata a trovare Samuele.

– Come sta il vecchio?

– Non chiamarlo in quel modo.

– Vabbè… come sta?

Stava per raccontarle di Samuele, ma non le andava di sciorinare quell'ipotesi psicologica e tutto il resto; che già dubitava anche lei, figurarsi a raccontarlo di seconda mano: avrebbe perso di ogni realtà diagnostica per scadere in un giudizio approssimativo e sospettoso nei riguardi del suo amico. Si ricordò dell'episodio dell'autista imbranato e glielo riferì cercando di rendere la cosa ancora più comica; ma Valeria non rise per niente, affermò categorica:

– Uno sbirro!

Trascorsero il resto della serata in un'ingarbugliata polemica che avrebbe potuto avere un solo breve incipit:

– *Io, non ho nulla da temere.*

E una laconica conclusione:

– *Sei nei casini, mia cara.*

Contrariamente, si protrasse in lungaggini dialettiche astiose e scurrili:

– C'è un solo cesso in quel posto...

– E, purtroppo, un'unica testimone...

– Questo non è un ragionevole motivo per sospettare...

– Da qualche parte devono pure cominciare, cazzo, ragiona...

– Io non voglio ragionare…

– Ti faranno ragionare loro…

– Che colpa ne ho io se quella cazzona, pace all'anima sua, aveva la fisima di non chiudere la porta…

– E tu, lo sapevi…

– Con questo…

– Con questo un bel cazzo, vorranno sfrugugliare in tutti i fatti tuoi…

– Sfrugugliassero pure…

– È chiaro, a te non importa una minchia…

– Di cosa non m'importa…

– Che ora verranno a sapere di noi due: della tardona che si sbatte una giovane "artista"…

– Non usare un eufemismo, dì pure che sono una vecchia…

– Non intendevo questo…

– No, lo hai appena detto…

– Va bene, l'ho detto…

– Ecco, la puttanella!…

– Con una vecchia zoccola!…

Per terminare in un dramma:

– Che fai?

– Mi tolgo dai coglioni.

Valeria raccoglieva nervosamente tutti i suoi indumenti e li sbatteva nel trolley. Lei la guardava restando impalata, stupita, non voleva crederci.

– Dai, non può finire per una stupidaggine…

– Una stupidaggine dalla quale voglio starne fuori.

– Che cosa vuoi dire?

– Che è meglio che io vada da qualche altra parte, prima di finire "fotografata".

– Hai ragione. Potresti starne fuori per un po', magari…

Non rispose alla proposta, si limitò a suggerirle di non chiamarla nemmeno al telefono, perché lei era "ascoltata", sbatté la porta e andò via.

Quel tonfo interruppe il suo respiro in una prolungata apnea, esasperando il silenzio della casa vuota, com'era prima che arrivasse Valeria.

Restò in piedi a guardare la porta, in un'inutile attesa che si potesse riaprire.

Senti le labbra secche, inumidite negli angoli dai leggeri rivoli di due lacrime gelate. Cercò qualcosa per asciugarsele, notò degli slip neri dimenticati sul divano, li raccolse, portò sul viso quel piccolo triangolo intriso del suo intimo umore: le lacrime sgorgarono più copiose e calde a inzupparlo completamente. Si tuffò bocconi sullo stesso divano nel tentativo di soffocare un urlo, seguito da un convulso singhiozzo che le bloccò definitivamente il respiro. Si sollevò barcollando, si diresse verso il rubinetto della cucina, fece scorrere l'acqua fredda sulla bocca che sturò subito l'ingorgo d'aria nella gola. Sollevò la testa, restando con le mani poggiate sul lavabo: il suo viso, riflesso nel vetro di un'antina, era un informe ritratto, un acquerello slavato di una vecchia signora indecente.

Quel passionale tempo era già terminato: troppo presto, e troppo poco.

Riempì di acqua il bicchiere della notte, ma lo vuotò subito nel lavabo: non avrebbe dormito sul letto, si sarebbe sdraiata sul divano, così com'era vestita. Avrebbe usato quel minuscolo indumento come cuscino.

Cominciò a credere che fosse stata tutta una finzione, come spesso le capitava di rivivere in quei surreali *dejà vu* che la angosciavano e incuriosivano allo stesso tempo: la luce, il luogo, le persone; tutto già vissuto con precisione cronometrica. Poteva prevedere in anticipo ciò che sarebbe accaduto subito dopo, le frasi che avrebbero pronunciato e le risposte che avrebbe dato; creandole uno straniamento che la faceva impallidire e correre fuori a cercare un'altra luce, un altro luogo, altre persone con diverse parole: la realtà.

Stava cercando di addormentarsi, respirando forte quell'odore intimo dell'indumento. Sentì l'accanito suono di *batteria scarica* del suo cellulare. Non aveva nessuna voglia di alzarsi, decise che poteva spegnersi definitivamente: non le sarebbe più servito, e non si sarebbe staccata da quel piccolo straccio per rianimare un inservibile oggetto elettronico.

Nel dormiveglia, riusciva a sentire uno scampanellio lontano, come se provenisse dal piano di sopra: un insistente e monotono suono bitonale che sollecitava qualcuno a svegliarsi. Si svegliò, mentre l'ultima vibrazione sonora si spegneva nello spazio vuoto della sua casa: era il suo campanello, quello della sua porta!... Si sollevò di colpo, barcollando si precipitò a spalancare con violenza il battente, vide la schiena di un uomo che si era già avviato sul pianerottolo, si voltò: *non le era sembrato così alto in ufficio, e nemmeno così piacevole... con quella barba nera e incolta su un viso dai tratti meridionali... e... due occhi... di un celeste acquoso... che la guardavano stupiti...*

– Stavo andando via, pensavo non ci fosse.

– No, ... è che mi ero addormentata...

– Mi scusi se l'ho svegliata.

– Non deve scusarsi dottor Boccuzzi... anzi, mi scusi lei se l'ho fatta attendere... si accomodi, prego. – Sventolò in aria la mano come per scusarsi del disordine.

– Sono stato a cercarla in Facoltà, ma nessuno sapeva di lei. L'ho anche cercata al telefono.

– Sì, sono stata poco bene... avrò preso troppi antinfluenzali che mi procurano sonnolenza...

– È vero, capita anche a me.

– Attenda solo un attimo, metto sotto carica il cellulare... si accomodi qui, intanto. – Badò a raccogliere frettolosamente l'indumento di Valeria.

S'incamminò verso la stanza da letto, trascinandosi sulle gambe intorpidite. Ritrovò le lenzuola disfatte dell'ultima sera. Soffermò lo sguardo sui cuscini informi: fu presa da una stretta nostalgica e una voglia di tornare a dormire. Si mise a cercare il telefonino, non era al suo posto, poggiato sul suo comodino, era sull'altro, dall'altro lato del letto che scavalcò gattonandoci sopra;

sentì più intenso il suo odore che proveniva dalla biancheria sparpagliata, si abbandonò bocconi sopra mentre allungava la mano per raggiungere l'apparecchio, restò ancora in quella posizione e sarebbe rimasta se la voce dell'ispettore non l'avesse scrollata:

– Tutto bene, signorina Flora?

Era sull'uscio, chissà da quanto tempo. Si sollevò di scatto, imbarazzata:

– Ho una tale debolezza che tornerei a dormire.

– Un buon caffè?

– Sì, giusto. Il tempo di prepararlo.

– No. Lasci che lo prepari io, lei si segga.

Lui si avviò verso la cucina e aprì l'antina giusta, quella dov'era riposta la moka, come se fosse stata la sua dispensa. Con la stessa disinvoltura, prese il contenitore del caffè e riempi la macchinetta.

Restò di spalle a sorvegliare la bollitura, regolando più volte la fiamma.

– Dove tiene le medicine? Avrei bisogno di un'aspirina… – chiese, restando com'era.

Il tono non era di uno che soffriva di mal di testa. Era, piuttosto, quello diffidente di chi non se l'era bevuta la sua influenza.

– È solo un po' di depressione, solo qualche giorno e mi passerà… – biascicò, lamentosa e rassicurante, verso il sospettoso sbirro.

L'ispettore le sembrò sorpreso dalla sua risposta, perché rimase immobile con la caffettiera sospesa a mezz'aria, obliqua, sull'imboccatura della tazzina ancora vuota che teneva nell'altra mano. Rise, imbarazzato, dopo il fermo-immagine. Si voltò:

– Impossibile mentire a una donna.

– Antica legittima difesa.

– O materna intuizione. Mai riuscito a farli bere, a mia madre, i miei menzogneri malanni…

– Neanche i miei, a quanto pare. Niente zucchero per me, grazie.

Non era il classico luogo di un'indagine poliziesca, sia per la formale conversazione sia per l'ambiente: un interno *open-space* abitato da un facoltoso *single,* il quale provvedeva personalmente a mantenere il casuale e ricercato disordine.

– Bel posticino... – si complimentò sinceramente Boccuzzi.

– La ringrazio. – Rispose, ricevendo la sua tazzina di caffè.

Bevvero in silenzio, rispettando la breve ritualità come se fossero stati in un elegante *caffè* Veneto a bere dell'ottimo torrefatto indonesiano. Il calore del liquido pervase tutte le pareti vuote dello stomaco in una sensazione di assoluto benessere generale: le gote si arrossarono, la lingua divenne morbida e carnosa, in gola e in bocca le restò il piacevole retrogusto amarognolo. Strinse le dita intorno alla tazzina affinché potessero usufruire di quel tepore inatteso. Continuò a sorseggiare con calma la sua bevanda, mentre lui aveva già posato sul piattino la sua tazza. Si sentì osservata, domandò:

– Cosa mi vuole chiedere?

Sentì di avere interrotto la sua temporanea contemplazione, infatti, la risposta non conteneva alcun riferimento indagatorio, ma una premurosa attenzione:

– Da quanto tempo non metteva dentro qualcosa?

– Che giorno è oggi?

– Mercoledì.

– Tre giorni e mezzo.

Non commentò né volle approfondire il suo malessere. Restò immobile con le dita delle mani nervosamente incociate come in una spasmodica preghiera di qualcosa.

– Può fumare, se vuole. – Lo sorprese.

Le dita si liberarono e corsero veloci a estrarre, dalla tasca interna della sua giacca, il pacchetto di sigarette. Ne accese immediatamente una, tirando un'esagerata boccata di benessere.

– Grazie… ci voleva… – sbuffò.

– La capisco, sono un'ex.

Lo lasciò fumare in pace. Conosceva bene quella insana ma necessaria abitudine. Ancora oggi, dopo il caffè, ne sentiva la mancanza; e le faceva piacere se qualcuno fumasse intorno, poteva almeno illudersi di completare un'antica consuetudine. La stessa che aveva provato nelle lunghe serate trascorse con Sergio: altro veleno che si aggiungeva alle fumose parole e ai vapori alcolici, causa delle sue emicranie dell'indomani. Un tempo evaporato.

– Forse questa è la situazione meno opportuna per una indagine…

– Non la pensano così gli psicanalisti, per loro è la condizione ideale per indagare i segreti dell'anima. – Lo interruppe bruscamente.

– Già; ma non conosco la loro tecnica, e non devo indagare la sua anima, ma solo sapere qualche dettaglio di un crimine che, senza essere uno psicologo, escluderei possa coinvolgerla direttamente. Naturalmente, col beneficio dell'inventario. Sarà il magistrato competente a trarre le sue conclusioni…

– Quale dettaglio?

– Se ricorda la voce dell'uomo.

Chiuse gli occhi per riportarsi in quel luogo e in quel momento. Li tenne chiusi per un lungo tempo; ma né la circostanza, quantomeno la voce, le sovvenne chiaramente:

– C'era lo scroscio dell'acqua… la porta chiusa… non so precisarle…

– Quindi, inutile chiederle se avesse una qualche inflessione, immagino.

– Sì, appunto; ha da chiedermi altro?

– No, nient'altro.

– Mi vuol fare intendere che lei, stamattina, è venuto soltanto per sapere se mi ricordassi il tono della voce?

– Sono gli stupidi dettagli, spesso, che ci conducono a delle conclusioni.

– E di quei dettagli, io… potrei essere una parte…

– Non è ufficialmente indagata, se vuole intendere questo. Per ora, resta soltanto una testimone. La principale.

– Alla quale riservate lo stesso trattamento indagatorio del presunto esecutore materiale, a quanto pare…

– Sì. Paradossalmente, le stiamo girando intorno.

– A sfrugugliare…

– Ad escludere… per essere più precisi.

Si adombrò. In termini più civili, l'era stato esposto quanto effettivamente aveva tentato di farle capire Valeria, durante la tormentata lite. Provò rimorso per non averla ascoltata con più calma.

– La vita intera, è la somma di dettagli. – Volle concludere con poca convinzione, l'ispettore.

– Alcuni dei quali, possono cambiare il senso della propria vita. – Terminò lei, molto convinta.

Trovò Grimaldi già seduto alla sua scrivania. Non le era mai capitato di giungere dopo di lui. Sembrava più piccolo di quanto non fosse la sua bassa statura; con una pinguedine, rotonda come un palloncino, che lo costringeva a una distanza innaturale dal bordo del tavolo. La sua debordante *panza,* che ostentava con fierezza, giacché non abbottonava, o non poteva abbottonarla, la sua lisa giacca grigia: emblema di una *professione di povertà,* non certo di penuria finanziaria.

Nell'iconografia caricaturale, sembrava più Ebreo lui di quanto non fosse Samuele: un uomo alto, snello, con una curata barba bianca su un volto dai lineamenti signorili e autorevoli. Come il somigliante ritratto di Tiziano, che gli mostrò un giorno, mentre cercavano su *Google* le immagini del ghetto di Venezia, dal quale lui proveniva, e che le spiegò: – *che era stato proprio nella città lagunare a essere stata coniata la parola "ghetto", dal termine veneto "geto" che i primi abitanti Israeliti, di origine tedesca, pronunciavano con la gi dura, raddoppiando la ti. Era il luogo dove, un tempo, colavano (gettavano) il bronzo dei cannoni. Un isolotto raggiungibile da due ponticelli che s'immettevano su due grandi portoni che dopo il tramonto erano serrati.*

"Ecco, dove ti ho visto"! Aveva scherzato lei, cercando sullo stesso sito l'autoritratto del Pittore ufficiale della Serenissima Repubblica Veneta. *"Uguale spiccicato!"*

– Ben tornata, signorina Flora... Ed io che ho sempre vantato la sua puntualità e costante presenza... ora, invece, mi sparisce nel nulla senza dare alcuna notizia di sé... deve avere avuto dei validi motivi, immagino... – la accolse il preside.

Non gli avrebbe fornito alcuna giustificazione. Quindici lunghi anni di costante presenza erano più che sufficienti per colmare una piccola lacuna di quattro giorni.

Prese posto alla sua scrivania stracolma di fogli con attaccati post-it gialli con le istruzioni blu del preside. Troppi, per risolvere tutto in un solo giorno, senza nemmeno il rientro.

Non ebbe il coraggio di accedere al suo *account,* sarebbe stato stracolmo di *mail,* non aperte, con il prioritario e urlante punto esclamativo.

Aprì la sua pagina di *Facebook.* Fece scorrere cinque giorni di centinaia d'inutili cazzeggi nell'illusoria speranza di trovare una qualche traccia di Valeria. Pensò di *postare* una specie di aforisma o di cercarne qualcuno già fatto, ma si bloccò. Trovava stucchevoli quei messaggi. L'unico, vero, che lesse un giorno, sintetizzava scherzosamente l'ipocrisia di quei messaggi: *"Dietro struggenti aforismi, c'è spesso una donna che soffre, e s'offre".*

Poteva essere il suo caso, lasciò perdere.

Spense il PC e si dedicò ai fogli sparsi sulla scrivania. Cercò di dare un ordine di precedenza a quegli appunti non datati, presumendo un'ipotetica cronologia in ordine d'importanza per argomento. Nessuno dei quali le sembrò degno di un'urgente priorità. Vertevano tutti a un unico scopo: la personale e meschina ambizione di apparire. Nessun Petrarca o Foscolo era latore di una qualsiasi novità letteraria. Solo pusillanimi leccaculo in cerca di uno scranno, con annesso leggio, da dove pontificare inutili esegesi su anonimi scrittori antichi e moderni.

Raccolse con una sola bracciata tutti i fogli, per impilarli e poter leggere ciò che era scritto su quei rettangolini gialli: *Provveda a inviargli gli estratti del convegno di Giugno – Risponda che ci rendiamo disponibili per un incontro col nostro Magnifico – Segnali la nostra* (sua) *pubblicazione sull'annuario – Chieda una più dettagliata relazione – Completi l'elenco con i nomi dei nostri Associati, Ricercatori e Dottorandi...* Si soffermò sull'ultima richiesta, lesse il contenuto della lettera allegata:

Come da accordi con il nostro Reverendo Padre, La preghiamo volerci fornire l'elenco completo dei suoi collaboratori. Restiamo in attesa di una Sua sollecita risposta e Le auguriamo Pace e Serenità. Firmato: *Rev. Giorgio De Nicola.*

Si ricordò le parole di Samuele: – *Quelli non fanno apostolato tra i pezzenti. Se proprio devono reclutare bassa manovalanza, la scelgono tra i figli laureati di quei pezzenti; giovani ambiziosi che non rinunciano a nessun calcio in culo pur di fare carriera. Il reclutamento, dalle apparenze rigorose, è solo una messinscena; quello che a loro interessa è indottrinarli a loro piacimento; con delle regole, ben studiate a tavolino, per fotterli. Una volta dentro, gettano coscienza e cervello al servizio di un Cristo farsa e di una Maria addolorata solo dei loro peccati che fustigano ipocritamente con cilicio e frustino lisciaculo. Ah, che merde, mia cara! I gesuiti a loro confronto sono dei dilettanti della fede. Tieniti alla larga più che puoi. -*

Fu uno dei suoi discorsi dall'apparenza delirante, prima che perdesse l'uso della parola.

Evase gran parte delle pratiche. Il tempo trascorse velocemente. Il preside non le aveva rivolto la parola per l'intera mattinata; o, forse, non gli aveva consentito lei di parlarle, dopo quella sarcastica e inopportuna accoglienza. Meglio così, pensò, le aveva evitato di dovergli mentire sul suo "malessere". Domani avrebbe dimenticato, preso dai suoi quotidiani *affari*.

Salutò con un formale: *Arrivederla, preside. – Arrivederla, signorina Flora. –* Fu altrettanto freddo lui.

S'incamminò con un passo lento, che allungava la strada e allargava lo spazio intorno. Riusciva a non sfiorare nessuno dei tanti passanti frettolosi che, a quell'ora, avevano l'impellenza di raggiungere casa per pranzare. Non avrebbe pranzato, e non aveva alcuna urgenza di raggiungere casa per trascorrere un altrettanto dilatato tempo di un vuoto pomeriggio che precedeva una lunga serata seguita da un'interminabile nottata. Aveva voglia di fermarsi su quel marciapiede immenso, restare immobile e attendere che tutto quel tempo trascorresse per conto suo, che non le appartenesse, come non le era appartenuto da bambina, quando erano stati gli altri a determinarlo con affettuose sollecitazioni: *"Dai piccolina, alza un po' le gambe";* severi rimproveri: *"Vuoi sbrigarti lumacona, è tardi";* o pedanti spiegazioni: *"Prima arriviamo, meglio ci sistemiamo".* Quello era stato un non/tempo, con nessuna pretesa di trascorrerlo e nessuna ambizione di conquistarlo. Poi, c'era stato quello brufoloso di angoscianti pomeriggi ad ascoltare le sue amiche al telefono e i loro intrighi amorosi fatti di supposti sguardi e sfuggenti carezze agli Enrico, Andrea, Nicola... senza capire come funzionavano le cose, mentre funzionavano perfettamente per tutte loro. E continuò a non funzionare per il secolare periodo della modellazione di un corpo che non le apparteneva: un'ingombrante e imbarazzante metamorfosi non desiderata; mentre, paradossalmente, desiderava quello delle altre, non quello degli altri ai quali, però, voleva somigliare. Un guazzabuglio mentale chiarito dallo studio di una fantasiosa storia di giovani fanciulle che giacevano felici con la loro Dea in una solare isola dell'Egeo. Quello fu il tempo mitologico che chiarì la sua diversità, quando desiderò di fuggire con la bianca e morbida barista Francese per le vie di Londra: un'ipnotica visione e un arrapante desiderio di possederla solo per sé.

Infine, un solo istante, di qualche giorno fa: reale, corposamente reale, fissato in un'indelebile istantanea mentale, col rimpianto di non averla davvero fotografata per poterla ancora accarezzare con gli occhi.

Era già stanca, ed era a metà strada. Notò una panchina nel parco realizzato da poco: *la metaforica meta di chi non ha più niente da fare,* pensò, sarcastica. La trovò accogliente come la rossa poltrona *Frau* della casa paterna. Sarebbe rimasta lì, ad attendere che il tempo trascorresse senza essere vissuto.

In casa percepì un lieve odore di colonia misto a fumo vecchio: odori maschili che aveva sempre gradito e, talvolta, usati. Un che di familiare che si era rappreso, permanentemente, nel *bagno dei maschi:* del padre e del fratello; col divieto (consiglio) a non usarlo. Un avvertimento materno che le piaceva violare particolarmente, rinchiudendosi in quel luogo ogni volta che poteva. Al sottofondo di *virginia,* si aggiungeva quello del muschio o del bergamotto dei due diversi dopobarba, effluvi da lei più apprezzati rispetto al floreale misto niente della loro femminile *"toilette"* che differenziava il più prosaico cesso di *"quegli altri due"*; espressione che separava in modo definitivo i due mondi, e che non prevedeva nessuna terza alternativa di un altro bagno.

Quel veto materno che si trasformò, col tempo, in una silenziosa complicità, mentre gli altri due continuarono a lamentarsi della sua frequentazione del posto non deputato a una femmina.

Si distese sul divano, non prima di aver avvicinato la sediolina fucsia che usava da poggiapiedi. Socchiuse gli occhi e restò a godersi l'effimero piacere di quel profumo lasciato dall'ispettore Boccuzzi.

Sentì rumoreggiare lo stomaco, in separata sede, come se non le appartenesse. Lo avrebbe mitigato dopo, con l'ennesima tazza di tè e gli ultimi due biscotti sbriciolati sul fondo della busta: una dieta già sperimentata per porre fine allo sviluppo femminile del suo corpo, come s'illuse fosse potuto accadere e non accadde; seguito da una famelica voglia di tutto ciò che fosse commestibile e a portata di mano, con il risultato di una dilatazione smisurata delle sue non accettate forme che la convinsero a rientrare nella più virtuosa accettazione di un naturale sviluppo.

Questa inappetenza, diversamente, era figlia di un progetto fallito; di una storia scippatole da un assurdo e imprevedibile fatto di cronaca, del quale, avrebbe voluto chiedere di non farne più parte, semplicemente perché erano altre le sue ambizioni, i suoi sogni. Magari di finire in *terza* pagina per un suo, mai abbandonato, progetto di romanzo. Mai, in *prima,* a solleticare le morbose curiosità delle *casalinghe* con quella patetica foto che la raffigurava in un modo oscenamente impudico: peggio che se fosse stata nuda.

Respirò profondamente quel residuo di odore del suo amico poliziotto: sarebbe tornato ancora, perché avrebbe preferito quel posto, alla desolata scrivania del commissariato. Le avrebbe posto una sola domanda alla volta, per allungare il brodo investigativo. E, comunque, poteva starci. Era l'unica opportunità di un contatto umano, escludendo il formalissimo rapporto col suo titolare e quello non più frequentabile con Samuele.

Samuele?…

Non era soltanto il vecchio paralitico seduto su una sedia a rotelle, era anche vivo e parlante, chiuso in un *file* che poteva far rivivere con la sola *apertura,* un semplice clic sulla cartella che gli aveva riservato e…tac! Sarebbe ritornato a parlarle con quella sua voce grave, baritonale, tendente al basso, a volte roca, altre volte vellutata per quel suo lieve accento veneto misto a una qualche inflessione tedesca che, le spiegò, si trattava di un residuo di *Yiddish* parlato dalla sua gente.

La sola fatica era di allungarsi sul divano per recuperare il *notebook* poggiato sulla poltrona accanto.

Il file giaceva rannicchiato sul fondo del monitor: una piccola icona contrassegnata dalla dabliù, come un evviva! Lo ravvivò, facendolo esplodere a schermo intero, su una pagina che trovò già aperta:

Ne ho ancora un ricordo vivo. Non avevo mai avuto modo di assistere all'uccisione di una creatura. Credo che non facesse piacere a nessuno, quella scena. Mi chiedo ancora oggi il perché il rabbino volle che assistessimo alla soppressione della povera bestia: ma i rabbini, si sa, non lasciano niente al caso.

Gli occhi, mio Dio, gli occhi! Non riuscii più a guardare un vitello al pascolo. Quegli occhi grandi e buoni che si spensero senza un solo lamento, dopo un compassionevole quanto rapido fendente alla sua giugulare inferto da mio cugino Mordecai Segni, macellaio rituale: uno zelota che conosceva bene tutte le precise regole della macellazione di un animale *kasher*. Curava la lama del suo coltello con maniacale applicazione affinché fosse giustamente affilata e senza alcuna dentellatura, come ci spiegò dopo: *per non infliggere al povero animale nessuna lacerazione che avrebbe potuto provocare una dolorosa sofferenza.* Un'esitazione o soluzione di continuità nel fendente, avrebbe reso l'animale non *kasher,* non mangiabile da un buon Ebreo che non si sarebbe mai cibato di una carne che aveva subìto una sofferenza.

Quella lama mi fu donata, come segno di affetto, da mio cugino. La conservo ancora nel suo originale astuccio di legno, non col riguardo che si deve a un oggetto sacro, ma perché nutrivo una profonda affezione per Mordecai, un buon uomo, scomparso precocemente dopo una lunga sofferenza che non avrebbe mai inferto a nessuna delle sue creature macellate.

Quella doppia esperienza di vita spirituale vissuta tra una *Comunione* e una *Shechitah* la affascinava. Aveva ragione Valeria: la affascinava. E a rendere più affascinante il tutto, era la lettura laica di quella doppia vita, distaccata e affettuosa verso entrambi i credi: – *È difficile vivere senza alcuna credenza. È molto più sofferta un'esistenza alla ricerca di qualcosa che dia una ragione alla vita...* – O qualcosa di simile, le aveva detto un giorno. In modo mesto, quasi tormentato. E lo aveva creduto, perché neanche lei poteva ritenersi soddisfatta di una vita ambigua, giocata su un doppio binario nelle apparenze e nella sua intimità. Un non facile ruolo tra la sua fisicità e il suo animo, un dualismo a volte insopportabile da sostenere, umiliante per doverlo mentire. La solidarietà, sincera o formale di qualche amico, era solo un palliativo per lenire momentaneamente la sua permanente solitudine. La solitudine era stata a ogni risveglio, degli ultimi anni trascorsi con la madre – *svegliati pigrona, che il mondo è già sveglio* – che profumava di caffè caldo e di tardiva e apparente comprensione – *in quel mondo c'è sempre qualcuno o qualcuna che aspetta, non farli attendere* – che rafforzava, già dalle prime ore la sua consapevolezza che, contrariamente, non c'era nessuno/a. (Lo *slash* lo metteva lei; la madre, maliziosamente, lo rimarcava con l'intenzione di farle comprendere che aveva capito da sola quello che non le aveva mai voluto confessare.)

Era in una non condivisa conversazione sulla prole delle sue amiche, di nome: *Giada, Norberto, Asia, Febea;* sui loro dentini, vaccini esavalenti, allattamenti al seno e timori di *orchi* dietro ogni siepe del parco: causa, forse, della sua patologica voglia di ingravidarsi da sola.

E sola era anche negli occasionali *drink* dove, dopo l'iniziale convenevole di saluto, restava in piedi osservata furtivamente dai dilettanti *tombeur de femmes* e tenuta d'occhio dalle loro *femmes* sospettose della sua *singletudine,* escludendo a-priori una *terza via del socialismo sessuale.*

Lo squillo del cellulare la richiamò alla realtà di un qualcuno (qualcuna?) che la stava cercando:

– Sì...

– Buonasera, la disturbo?

– No... no... stavo lavorando al computer...

– Oh, mi spiace.

– No... non si preoccupi dottor Boccuzzi...

– E se in privato non usassimo alcun titolo?

– Sì, certo... – rise – ... tolga pure la signorina e resterà solo Flora; ma io, se tolgo il dottore, mi resta solo: Boccuzzi...

– Infatti... lo sostituisca con: Renato.

– Ciao Renato.

– Ciao Flora.

– Dimmi pure, Renato

– Pensavo di fare un salto da te... fuori servizio... ti va?...

Rise per la battuta, ben lieta di riceverlo. Gli chiese di darle il tempo di sistemare casa, lui la pregò di non farlo perché amava quel disordine, lo faceva sentire a suo agio. Lei approvò, per il semplice fatto che le mancavano le forze per mettere in ordine, oltre a non averne voglia. Scherzò sul presunto riposo della sua immaginaria *filippina* e lo sollecitò a chiudere e raggiungerla.

Entrò in bagno, guardò l'*eyeliner* ancora posato sul lavabo: era quello che condivideva con Valeria; esitò un attimo, decise di non usarlo. Dette una rinfrescata al viso e una spazzolata ai suoi corti capelli.

Sentì suonare alla porta.

Sull'uscio, ancor prima di lui, notò l'enorme ed elegante scatola di *marron glacé:* divorò con gli occhi tutto il contenuto, scatola compresa, ignorando completamente il portatore che la reggeva. Senti in bocca la morbidezza delle castagne, lasciò scivolare in gola il lungo procedimento di glassatura e cottura che aveva comportato la preparazione. Una saporita *trance* che interruppe, per educazione, stampando uno zuccheroso bacio di ringraziamento sulla sua guancia. Rideva come una bambina, si ricompose ringraziandolo verbalmente: – *che quelli erano i suoi dolci preferiti, come aveva fatto a indovinarlo.* – Dimenticando quale fosse il suo mestiere. – Continuò dicendo altre cose alla rinfusa: sulle marche (quella era una buona) sulla preparazione, l'origine e la bravura dei pasticcieri Piemontesi che sin dal Cinquecento ne perpetuavano l'arte; mentre la bocca si era già impastata di zucchero e insaporita di vaniglia della prima castagna.

– La…

– No!

– Ti…

– Sì!

– … ringrazio tantissimo, penso che li mangerò tutti…

– Me ne concederai uno, spero?

– Anche due, se riuscirai a ingoiare il primo mentre io avrò mangiato tutti gli altri. – Rise, con la bocca piena.

– Ho capito, solo uno. – Rise anche lui.

– Riservi questo trattamento a tutte le tue… indagate?

– Assolutamente, no.

– A che devo questo riguardo?

Lui posò il mezzo *marron* pulendosi le labbra dalla glassa; tirò fuori una sigaretta, la accese, sbuffò beato:

– Non lo so.

– Come non lo sai?

– Non lo so, punto.

Le sembrò sincero. Non si era arrampicato sulla sdrucciolevole montagna di apprezzamenti, lodi e stima che precipitano nel più stucchevole degli approcci: *"Sei il mio tipo"*. Invece, quel punto fermo, concludeva ogni suo possibile timore di eventuali proposte. Punto e basta.

– Va bene, punto. Posso chiederti un favore?

– Certamente.

– Mi fai dare una boccata alla tua sigaretta?

– Posso offrirtene una… – le porse il pacchetto.

– No, solo una boccata.

Non prese in mano la sigaretta, lasciò che fosse lui ad avvicinarla alla sua bocca: sentì il profumo tenue di colonia, socchiuse gli occhi e aspirò forte, lasciò che il fumo fuoriuscisse leggero e lento dalle sue labbra, come una straziante separazione.

– Che buono… – sospirò.

– Da quando hai smesso?

Avrebbe dovuto raccontargli del padre e tutto il seguito… non gli andò di rovinare la serata con un racconto luttuoso, si limitò a rispondergli:

– Otto anni.

Sembrò più che soddisfatto dalla risposta: nessun perché e per come. Si sentiva già letta, già spiegata, già raccontata.

Era piacevole non dover dare spiegazioni, come spesso le accadeva di dover dare alla più classica delle domande: sul fatto che fosse bella ma non ancora maritata; o, ancor peggio, controbattere la teoria che a una donna occorresse un marito per completarla. Merdate!

Si leccò le dita dallo zucchero, sdraiandosi lungo lo spazio che rimaneva tra lei e il suo ospite.

– Sei stanca?

Questa era premura. La paterna premura, a volte gradita, spesso no: questa era quella buona.

– Solo un po'.

Chiuse gli occhi. Avrebbe dormito, lasciando l'angelo custode dagli occhi turchini lì dov'era, ai suoi piedi. Non era, per sua fortuna, uno di quelli che raccontava favole alle bambine: uno di quelli che avrebbe messo in scena il teatrino *macho* di chi le donne sa *come-prenderle* o quello intellettuale di chi le donne sa *com-prenderle*: due stesse tecniche separate da una semplice vocale per un unico scopo: deflorare l'agognata meta posta tra le cosce.

Quella goffa manovra con l'auto era stata sufficiente per porlo tra le persone in grado di grandi genialità di pensiero e grossi impacci d'azione: sarebbe rimasto lì, tranquillo, a vegliare il suo sonno.

La bidella le corse incontro, costringendola a fermarsi di colpo:

– Signorina Flora... – sussurrò – ... sono venuti quelli, stanno dentro dal preside.

– Quelli chi?

– Quelli... che sono come dei preti... quelli lì...

– Ho capito... quelli lì, e allora?

– Mi hanno fatto delle domande... – continuava a bisbigliare – ...volevano sapere se io c'ero quella brutta mattina, e chi altro c'era. Ho risposto che c'eravate voi due nel bagno, il preside era nella sala di consiglio e il vecchio professore... quello...

– Ho capito Samu... il professor Levi.

– Sì, quello... ma non ricordo bene se fosse arrivato prima o dopo... in tutto quel trambusto, non ricordo proprio...

– Vabbè, non ha importanza... ma perché ti agiti?

– Perché volevano vedere il vostro bagno, io gli ho detto che era ancora sigillato... e allora mi hanno chiesto di descriverlo, di... disegnarlo, ma io non sono capace... gli ho detto. Allora uno di quelli ha tirato fuori la penna e ha fatto uno schizzo di quello che io gli dicevo, cioè: due bagni attaccati e uno a parte, quello col bidet... giusto?

– Sì, giusto; ma stai calma. Di cosa ti preoccupi.

– Di aver detto le cose come stanno... dirà anche lei così... non vorrei...

– Teresa, non devi preoccuparti di niente, stai calma.

Entrò. I due ospiti e il preside si alzarono di colpo. D'acchito, le sembrò che lo facessero per usare una cortesia nei suoi riguardi. Nessun riguardo, avevano fretta di andarsene, lasciare quel posto. Si accomiatarono senza enfasi, una semplice stretta di mano e un sussurro di saluto. Con lei, si limitarono a un cenno col capo. Uscirono.

Il preside rimase in piedi al suo posto, tenendo i pugni sulla scrivania. Fece alcune torsioni, verso la sua sinistra, con il solo busto, tenendo braccia e gambe ferme: una specie di *surplace* prima di uno sprint per raggiungere i *fuggitivi.* Partì. Limitandosi a informarla, in maniera autorevole: *che si sarebbe assentato un attimo…*

– Prego…

Rispose lei, meravigliata per quel tono distaccato. In genere, la informava in modo dettagliato dei suoi movimenti: – *sono dal Rettore* – *sto in sala consiglio* – e, anche, se andava in bagno.

Quelli, li aveva intravisti altre volte, nella stanza di Adelina, a fare *anticamera,* prima di essere ricevuti dal Rettore. Probabilmente era lì che si erano avviati, seguiti dall'esitante preside.

Teresa l'aveva contagiata. Ora si sentiva anche lei agitata. Più che altro, a disagio. Accresciuto anche dal fatto che non potesse calzare le sue pantofole. Le avevano prese quel giorno, quei due poliziotti con la tuta bianca; a cosa potessero servire ancora, le sfuggiva. Probabilmente non le avrebbe riavute: dimenticate in qualche ufficio del Commissariato.

Una piccola e insignificante perdita che si sommava alle altre, sottraendole sicurezza diviso con la precarietà. Un'espressione algebrica alla quale andava aggiunto solo il segno più di Renato col risultato finale, però, non del tutto soddisfacente, che la conducevano alla conclusione di volersi sottrarre anche lei, cedendo a una voglia di sonno. Una specie di narcolessia che la coglieva anche sul lavoro: era quello che avrebbe voluto fare, dormire, appoggiando il capo sulla scrivania.

Fu svegliata dalla preoccupata bidella: – *"casomai si fosse sentita male, che fosse svenuta"*... – aveva pensato. Invece, no. Era stato solo un colpo di sonno che poteva capitare a tutti, – spiegò. E la bidella confermò che le capitava a lei, a casa, solo a casa, da quando l'era mancato Giuseppe al quale aveva dedicato l'intera vita: – *che già dal caffè doveva provvedere lei a mettere lo zucchero nella tazza e mescolarlo, e restava a guardarlo come lo beveva, perché capiva già dal primo sorso, se gli fosse piaciuto meno... certe mattine, vuoi per l'acqua, o per la poca polvere messa nella moka, il caffè non le veniva bene; e lui, allora, le diceva che era una ciofeca e cominciava a rimproverarla che non sapeva fare neanche un caffè, e lei gli rispondeva che l'indomani il caffè se lo poteva fare da solo, e lui la umiliava dicendole che sarebbe andato a vivere da Giuliana che quella sapeva fare bene anche il caffè. Ora, ...* – abbassò la testa per nascondere gli occhi – passò a ragguagliarla che quelli e il preside erano ancora riuniti dal Rettore. E lei rispose che lo sapeva, li aveva anche sognati che erano seduti al buio intorno a un tavolo con una piccola candela che illuminava i loro volti come nei film dell'orrore. Teresa scrollò la testa in segno di disappunto, che quei film non le piacevano, le facevano paura, cambiava canale. Molto migliori gli sceneggiati sudamericani che poteva vedere mentre cucinava: – *un fatto lo ripetono anche dieci volte, e si capisce sempre ogni cosa.* Niente di ingarbugliato e oscuro: – *chi se lo sarebbe mai aspettato di fare una parte in uno di quei film gialli...* – quasi piangeva. Lei la tranquillizzò, dicendole: – *che per fortuna, lei era solo una comparsa, mica una comprimaria.*

Teresa restò interdetta, con lo sguardo ottuso.

Le tre castagne glassate rimaste e una tazza di caffè sarebbero state il suo pranzo. Mise la moka sul fuoco, aprì la confezione; sopra i tre marroni c'era un pezzo di foglietto bianco strappato da una qualche vecchia agendina: *Ti ho lasciato che dormivi, ho trascorso una bella serata. Questi te li lascio per il pranzo. Alla cena ci penso io. Renato.*

Avrebbe volentieri passato il pezzo al capo redattore della cronaca di un giornale: ***"Avvenente signora si addormenta ai piedi di un uomo senza essere molestata."*** Il titolo di testa.

L'articolo avrebbe dettagliato meglio il comportamento dell'altrettanto attraente maschio che l'aveva ricoperta con un lenzuolo del letto facendola risvegliare tra gli effluvi di una ninfa misti al suo profumo di tabacco e colonia.

Sorrise tra sé per l'idea balzana che un fatto di cronaca, una volta tanto, potesse essere una lieta notizia. Magari scriverci un romanzo intero di fatti simili, dove poteva non accadere nulla di cruento, ma soltanto fatti di ordinaria quotidianità: di gente che si svegliava in quel modo, raggiungeva il posto di lavoro accolta da favorevoli sorrisi, tornava a casa per deliziarsi solo di dolci e schiacciare un pisolino sdraiata su un comodo divano in attesa della cena composta di un raffinato menù tutto meridionale:

Spaghetti aglio e olio;
(spolverati con bottarga, prezzemolo e peperoncino)
Pepata di cozze;
(sauté su vellutata di ceci)
Babà al rum;
(farciti di crema Chantilly)
Fichidindia;
(in gelatina di melograno)
Vino bianco

(Greco di Tufo)
E una divagazione tutta settentrionale:
– Di un matusa mai stato giovane, uno che se ne sta in disparte anche a un suo concerto e che si meraviglia che alla fine la gente lo applauda...– Sempre in giacca e cravatta, che pare si sia assentato un attimo dal suo studio legale e che non ti aspetteresti mai che spernacchi in un kazoo o che emetta dei suoni strani zazzarazzaz...– Uno sfigato che passa una giornata al mare solo con mille lire, leccando un gelato al limone e la sera va al bar Mocambo il cui titolare sta fallendo e, sfiga delle sfighe: tifa pure Bartali...–.

– Quell'omino con la barbetta di tre giorni ha qualcosa di magico, ambiguo, enigmatico: come tutti gli avvocati...– Aveva concluso lei.

Si godettero in silenzio un goccio di grappa. Residuo altamente invecchiato in una bottiglia dimenticata.

Gli avrebbe dovuto riferire dell'indagine parallela, ma non ne aveva voglia. Per il momento era uno degli amici dell'angolo. – Il suo branco, all'angolo della strada, in perenne e silenziosa caccia apache alle "squinzie" degli altri branchi degli altri angoli, "quelli" marchiati in ogni dove sulle colorate acconciature. Lei era l'unica "ciaina" del gruppo, l'unica squaw da proteggere da eventuali incursioni di "quelli". Stava bene con i "cinesi", era orgogliosa della sua differente appartenenza: piuttosto che frequentare le sue amiche lagnose e senza titolo –.
– Avrai acceso un mutuo...
– Me lo sono concesso...
– Per quale motivo?
– Festeggiare i miei quarant'anni.

– Brutto bifolco mascalzone... – lo abbracciò e gli impresse un appetitoso bacio sulla guancia, se lo sarebbe mangiato davvero.

Squillò il telefono fisso. Si sorprese, attese il secondo e il terzo trillo prima di alzarsi e andare a rispondere. Sollevò la cornetta:
– Pronto?
Udì un leggero soffio, un respiro corto, femminile. Avvampò in volto.
– Valeria!... – Esclamò a bassa voce.
Senti il *clack* lento della chiusura. Restò con la cornetta stretta sull'orecchio, tappandosi l'altro, sperando che non avesse chiuso completamente ma che stesse ancora con la mano sulla forcella di chiusura: ci sarebbe stato un intervallo, avrebbe dovuto togliere la mano per poggiare il ricevitore, un piccolo intervallo che le sarebbe stato sufficiente per capire dove fosse, se stesse da sola, se fosse nei paraggi o lontano, se fosse triste, allegra, amareggiata, pentita e ogni cosa che di lei avrebbe potuto captare nel breve spazio, fino alla definitiva chiusura... cominciò a pensare che, forse, la comunicazione si era completamente interrotta, poiché era stata lei a chiamare: non ricordava come funzionasse la cosa. Nel dubbio, continuò a tenere la cornetta appiccicata all'orecchio ancora per qualche istante, il tempo che giungesse inesorabile il: *"Chi era?"* del padre. Questa volta, glielo avrebbe detto. Gli avrebbe raccontato tutto sin dall'inizio: di quella dannata foto e tutto quanto; fin nei minimi dettagli di com'era e quello che aveva provato e continuava a provare, tutto. Una confessione tardiva ma risolutiva. Era tempo che la facesse.
Si voltò, disse soltanto:
– Hanno riattaccato.

– Ha... riattaccato. – Rispose Renato volgendo il verbo al singolare.

– Sì, è chiaro che ci fosse solo uno dall'altro capo. – Ribatté lei con l'ovvia (ironica?) considerazione al suo *intrigante* sarcasmo indagatorio.

– Dei tanti... – rimarcò lui, confermando il suo dubbio che non era soltanto il Renato dell'affabulazione su Paolo Conte.

– Non poi, tanti. Sono in pochi a conoscere il numero del mio fisso...

– Quanti?

Sì, era anche lo sbirro. Il doppio *levantino* dal fascinoso e *glassato* sguardo azzurro che, ora, mostrava l'altra metà del *dualismo* Arabo-Greco. Ma non aveva nulla da nascondergli, decise di *collaborare*:

– A pensarci, ben pochi: il preside, Samuele che non parla e...

– Valeria. – Disse lui, conclusivo.

– Sì, giusto: Valeria.

– La modella di quella... rappresentazione.

– Sì. – Rispose semi-sorpresa da una verità già anticipata da Valeria: *che avrebbero coinvolto anche lei.* Non era il caso di mentirgli: sapeva tutto. Sentì un gelido tremore percorrere tutto il corpo...

– ...

– La terrò fuori... – interruppe i suoi pensieri, Renato, sollevando gli occhi.

– ...

Un repentino e inaspettato squarcio di sereno – laddove aveva già immaginato la più cupa bufera addensarsi tra le ciglia – che dipanò i suoi dubbi e la diffidenza che l'avevano assalita. L'avrebbe abbracciato, chiedendogli scusa. Si limitò a sussurrare con un cenno di felice sorriso:

– Cioè?

– Non la includerò tra le persone da indagare; non la esporrò alla curiosità della stampa…

Sentì liquefare tutti insieme, nervi e muscoli. Un caldo flusso che rilassò l'intero corpo da indurla a sprofondare sulla poltrona di fronte a Renato.

Allungò le gambe per togliersi le scarpe, chiedendogli incuriosita:

– Perché fai questo?

– Per salvaguardare te e lei, che non c'entrate nulla con questa storia.

– Ma è il tuo lavoro…

– Sono artefice del mio lavoro.

– Cosa?…

– È un lavoro come un altro, niente di così *scientifico*, come appare nei romanzi. Gran parte delle decisioni sono arbitrii umani… – si curvò, poggiando i gomiti sulle ginocchia, incrociò le mani, abbassò gli occhi e continuò con un tono impensierito:

– … è l'indagine *parallela,* quella degli "altri" che mi preoccupa. Per ora, per il mio capo, sono una specie di *talpa,* uno che ti blandisce per ottenere qualche altra informazione perché… sei l'unica sospettata, per il momento.

Gli sorrise. Non riusciva a capire completamente il suo discorso ma le venne da ridere per l'assurdità della conclusione.

– Io, unica sospettata?…

– Già. L'unica, perché unica in quel posto.

Cavolo! Tutto come previsto da Valeria pensò. Si fece seria:

– Roba da matti…

– Sì, proprio roba da matti. – La interruppe, a volerle fare intendere che quell'assassinio era proprio roba di una qualche follia.

Si alzò, raccolse il bicchiere nel quale era rimasto un fondo di grappa, lo trangugiò con un gesto rapido, mascolino:

– Ma io, non posso c'entrare nulla con questa... follia... come dici...

– È escluso; l'arma non è stata trovata...

– Che cosa intendi? – Chiese con un tono preoccupato.

– Che la lama... quella che ha tagliato la gola alla povera... potrebbe essere stata, secondo loro... – s'interruppe, schiacciò le mani sul volto.

– Cosa? – Sollecitò lei.

Tolse le mani dal viso e guardò nel vuoto, disse tutto d'un fiato:

– Una lametta da barba spezzata a metà e occultata in un tampone igienico ingoiato dal water...

– ...

Lei capì la supposizione, chiese:

– Come possono pensare...che possa essere...io?

Lui cominciò a strofinarsi forte i palmi, mostrando una certa contrarietà, sbottò:

– Perché in quel cazzo di cesso c'eravate solo voi due... e poi... quella macchia di sangue su una pantofola...

– Con tutto quel sangue per terra non è improbabile...

– Niente affatto, le avevi lasciate nel tuo bagno... – Urlò, contrariato.

Ebbe un brivido di paura per il tono e la verità dell'affermazione. Si ricordò di averle lasciate lì, in effetti, e che era stata Teresa a riportargliele perché l'aveva vista scalza. S'incupì, disse, sbalordita:

– Non avrei mai potuto fare una cosa del genere... per quale motivo, poi?

– Prova a immaginare...– la guardò fisso, Renato.

– No, non riesco proprio a immaginare… – rispose, con un leggero tremolio delle labbra.

– …

– Una buona parte degli omicidi compiuti nel mondo ha finalità… affettivo… sessuale. – Scandì con tono professionale.

– Affettivo, sessuale?... – Ripeté con una smorfia che voleva essere un sorriso. – Io… e Adelina?… Una follia!

Si risedette, assumendo la stessa posizione piegata di Renato, quasi sfiorandogli la fronte, come volesse conoscere il suo intimo parere, anche se le era chiaro che lui non credesse a quest'assurda storia, gli chiese:

– Tu, … cosa pensi?

Sollevò la testa per fissarla con uno sguardo dolce, sorrise:

– Semplicemente: che non sei l'assassina.

Sorrise anche lei. Continuò a fissare i suoi occhi, chiese, mostrando una leggera perplessità:

– Perché mai, *l'indagatore* asseconda l'indagato dell'indagine?...

Lui abbassò leggermente lo sguardo, parlò con una certa esitazione:

– Sono mesi che sto scrutando la tua vita, la vostra… vita, e mi capita…

S'interruppe, batté il palmo della mano sul proprio ginocchio:

– … niente! Non mi capita niente… mi fa solo piacere stare con te… una specie di *sindrome di Stoccolma* a rovescio…

Gli poggiò il palmo della sua mano su un ginocchio, carezzandolo affettuosamente, le sembrò che fosse lui ad avere bisogno di consolazione:

– Io sono tranquilla, Renato; per il solo fatto che non sono stata io…

– Ne sono più che sicuro… – la interruppe. – … quel solo indizio non è sufficiente. Non prova niente.

Sentiva il bisogno di qualcosa di forte, che potesse momentaneamente sospendere quel clima cupo. Guardò la bottiglia vuota e si pentì di aver smesso la sua abitudine serale del *cicchetto* non comprandone più. Si alzò di scatto, ricordandosi del vasetto di ciliegie sotto spirito, regalatole da Samuele, che teneva conservato nella dispensa.

Tornò, tenendo sollevato il vasetto:

– Lechaim! – Scherzò, ricordando il brindisi ebraico di Samuele.

– Lechaim! – Brindò anche lui.

Il *"flop"* di apertura, del coperchio sottovuoto, fu come un botto di una bottiglia di spumante. Ficcò le dita nel vasetto di vetro per estrarre due ciliegie che divise con Renato; così fece pure lui, incurante dell'igiene, versò il liquido in due bicchieri lasciando a secco i frutti che avrebbero mangiato con calma.

Le accadeva ogni volta che aveva urgenza di partire a non raccapezzarsi con il cambio automatico: non era normale che non ci fosse il pedale della frizione e che la leva dovesse essere posta a folle per mettere in moto. Imprecava sempre, facendo ridere Valeria che, intanto, aveva lasciato l'abitacolo in un disordine tale che un topo d'auto non avrebbe potuto fare di peggio: posacenere stracolmo di fazzolettini misti a *chewing-gum*, appunti sparsi sul sedile ospite, *post-it* attaccati sul cruscotto, una busta semivuota di patatine vicino alla stramaledetta leva, evidenziatore giallo per terra – quello rosso lo aveva intravisto nella nicchia del contachilometri – e ogni altro oggetto che, in genere, è riposto alla rinfusa nella borsetta di una donna; qui, erano più sparpagliati, dato il maggiore spazio.

Erano le tracce del suo recente passaggio che la consolavano, e avrebbe lasciato così dov'erano.

A farla innervosire, restava l'enigma della partenza che la impegnava a fare un ripasso mentale delle tre operazioni: schiacciare il pedale del freno, mettere la leva del cambio su folle, girare la chiave.

Non c'era una reale ragione di spazientirsi, ma era già reduce da un'imbranatura di movimenti di poco prima quando, presa da una violenta crisi di fame e, aperto il frigo, si era ritrovata davanti a un bianco e vuoto igloo le cui pareti, al suo cospetto, avevano cominciato a gocciolare lacrime di desolazione: niente di commestibile, tranne un panetto di lievito ancora nella sua confezione.

Aveva aperto la dispensa e fatto un breve inventario del lascito di Renato dalla famosa cena: farina, sale, olio e rosmarino; quanto bastava, con acqua e lievito, per fare la pizza bianca della mamma. Ne sentiva il sapore mentre impastava il tutto in una ciotola d'acciaio, unito all'infantile piacere di impiastricciarsi le mani. Con quelle mani imbrattate di pasta non avrebbe potuto rispondere al cellulare, né avrebbe avuto il tempo di pulirsele. Si era precipitata nel salotto guardando impotente il telefonino che continuava a vibrare e suonare Vivaldi; l'unica cosa sporgente del suo corpo, che avesse la stessa carica elettrica di un dito, era la punta del suo naso che non aveva esitato a usarlo tenendo le mani in alto e schiacciando la guancia sinistra sull'apparecchio:

– Pvvrronto? – Era riuscita a rispondere con la pronuncia alterata per la posizione della bocca.

– Pronto? – Aveva correttamente risposto l'altro.

Una voce catarrosa di un uomo che si era presentato come Carlo Prevert o qualcosa di simile a un cognome francese.

– Mi dicca… – Aveva continuato lei.

Era il medico di Samuele, che aveva già incontrato a casa sua: la assecondava che il professore fosse ricoverato presso la sua clinica privata per una terapia d'urto, e che sarebbe stata utile la presenza di un'amica per verificare un'eventuale risposta alla cura sperimentale. Lei gli aveva chiesto se fosse stato possibile anche il pomeriggio stesso, lui le aveva risposto che l'avrebbe aspettata e le aveva dato l'indirizzo dettagliato di una traversa al numero quattrocento-sessantadue di un ben noto corso in periferia il cui numero civico non era visibile perché coincideva con un benzinaio della *Esso* proprio all'angolo, subito dopo il quattrocento-sessanta. Le era stato chiaro che non avrebbe mai potuto dettare tutta quell'indicazione al suo GPS. Si era affrettata a pulirsi le mani dalla pasta rinsecchita, infilata la giacca del tailleur in uno stato d'ansia

– già vissuto col padre – che le aveva complicato ulteriormente la manovra di partenza della tedesca anormale.

Su quel lungo corso alberato si concentrò a cercare il benzinaio, più che il numero. Non fu difficile trovarlo, proprio all'angolo di una stretta traversa, sicuramente mai mappata. S'infilò e la percorse quasi per intero sino a scorgere l'enorme costruzione della villa circondata da un alto muro bianco sul quale spiccava in risalto l'insegna azzurra: "Villa Igea". Si fermò per scendere e suonare il campanello; non fu necessario, il cancello si aprì non appena fu visibile dalla telecamera.

Un lungo viale di *camelopsis* si stendeva davanti all'abitato e conduceva a uno slargo, dove posteggiò. Rifece lo stesso pezzo a piedi. Vide l'elegante figura del medico, in camice bianco, che le andava incontro. Questa premura le bloccò per un attimo il respiro, pensando al peggio; ma il medico le sorrise già a distanza accogliendola, poi, con un abbozzo di baciamano.

– Salve, dottor…
– Segrè. – Aggiunse subito
– Ha fatto bene a ripetermelo, non avevo afferrato bene.
– È ricorrente.
– Non è un cognome usuale.
– Infatti; ma non è francese come alcuni credono.
– Meno che mai meridionale.
– Laziale… più semplicemente: ebraico.
– Quindi?…
– Sono un Ebreo come Samuele.
– Battezzato come lui?
– No. Originale. – Ostentò, serioso.

La fece accomodare dopo aver aperto con le chiavi due successive porte a vetro che immettevano su un lungo corridoio abitato solo da uomini in vestaglia che vagavano isolati: delle incorporee esistenze che galleggiavano sospese nel pulviscolo lattiginoso del controluce.

Non era mai stata in una clinica psichiatrica, non l'era mai capitato di vedere insieme tanti volti straniati i cui sguardi sedati non era possibile incrociare.

Solo uno, sul fondo, camminava come una marionetta, facendo una decina di passi per poi svoltare di scatto e ricominciare daccapo. Erano diretti verso di lui che, appena li vide, si fermò di colpo per deambulare sulle gambe come fossero due pistoni che giravano a folle in attesa di ripartire.

– Samuele, guarda chi c'è. – Lo avvertì il medico ad alta voce.

Aveva ripreso la sua corposità; non era lo straccio incolore abbandonato sul patio di quel pomeriggio in cui lo aveva salutato con l'augurio di rivederlo. Benché la sua dignità umana poggiasse su due stantuffi in continuo movimento, il suo volto le sembrò che avesse ripreso l'aspetto di sempre, anzi, un po' più levigato dov'erano le sue corrucciate pieghe frontali. I suoi occhi, ancora più chiari, sembravano le sorridessero e fossero grati della sua presenza.

– Ciao, Samuele. – Tentò un contatto.

Non si aspettava potesse risponderle, ma che la potesse udire e riconoscere la sua voce, ne era sicura. Le sorrise, e riprese il suo camminare compulso.

– Per oggi può bastare, ci accomodiamo da me. – La pregò il medico.

Aprì con le chiavi anche la porta della sua stanza che badò a richiudere non appena varcarono la soglia.

Ecco uno studio che avrebbe voluto avere: un interno minimale che si limitava a una scrivania di legno chiaro il cui piano poggiava su due piedi di multistrato sagomati ad arco, della stessa essenza; tre sedie, identiche a quella direzionale, con la seduta di colore verde scuro mentre la spalliera, a semicerchio, era di colore nero con intersecato al suo centro una fascia rosso vivo: una composizione che rimandava ai colori e alle giocose forme di *Joan Mirò*. Completava l'arredo, un basso mobile contenitore sul quale era appoggiata, non appesa, una litografia di *Chagall* che raffigurava una bianca sposa volante in un cielo blu notte con una mezzaluna nera.

– Non ci posso credere! – Esclamò, e aggiunse: – È autentica?

– Sì, la comprai tanti anni fa, al tempo della Lira.

Si avvicinò al mobile posto sul muro di fronte alla scrivania per osservare meglio l'opera, sfiorò con le dita il vetro come se fosse un'icona votiva, domandò:

– Perché faceva volare i suoi personaggi?

– Perché era un Ebreo.

– Che cosa intende?

Il medico la pregò di accomodarsi. Lei si avvicinò alla scrivania tenendo lo sguardo sull'opera, dalla quale pareva non volesse separarsi, come ipnotizzata dall'eterea figura femminile che stringeva in una mano un *bouquet* di roselline rosse. Si accomodò sull'elegante sedia la cui interessante struttura, come fosse una scultura, poteva guardare da vicino sull'altra accanto. Segrè si sedette distendendosi completamente sulla spalliera e, guardando fisso il quadro, rispose con un tono assorto:

– Se si è vissuti come dei *diversi e altrove,* come può immaginare sia stata la condizione di un Ebreo abitante uno Shtetl russo, non c'è niente di più appagante che rifugiarsi in un "altrove" onirico…

Continuò a spiegare la simbologia del pittore: il violinista, la testa della capra, quella del gallo, le piccole casette dei villaggi, gli amanti volanti nel cielo blu… come un'iconografia facilmente riconducibile a un desiderio di evasione in un altro luogo sospeso, *un diverso altrove,* non quello terreno vissuto realmente, ma con la sofferenza e la provvisorietà di gente condannata da millenni a stare dove non voleva.

Il discorso procedeva lento, narrato con una calda partecipazione. Lo avvertiva molto chiaro: quello che aveva soltanto percepito, e intimamente apprezzato in quei dipinti, ora le apparivano limpidi come fossero delle tessere di un grande mosaico immaginario sospeso nella volta celeste. Un disegno meno simbolico, di quanto apparisse, più semplicemente la riproposizione reale di personaggi e fatti della quotidianità di quei villaggi dispersi, nelle campagne dell'Europa orientale, provvisoriamente abitati da gente il cui sogno collettivo era essere in un "altrove" desertico come la tundra, ma più assolato.

Similmente, erano i suoi voli notturni. Quando le era sufficiente fluttuare nell'aria le sue gambe, come fossero delle pinne caudali di una sirena, per sollevarsi in uno spazio incorporeo, né d'acqua, né d'aria, colorato di tinte che solo lei riusciva a vedere: rosa-viola, verde-glicine, azzurro-argento... I suoi sogni volanti, dei quali poteva decidere i contorni e i dintorni, mischiare tra loro luoghi montani con quelli marini, gente mai conosciuta con altra ben nota, con la consapevolezza di stare sognando e che sarebbero terminati al suo risveglio, lasciandole l'effimero piacere di essersi librata senza alcun peso; di aver potuto decidere da sola il che fare e dove andare. Non come *il procedere e dove procedere* che erano il suo quotidiano impaccio esistenziale, fatto di luoghi che non avrebbe mai voluto frequentare e di gente che era costretta a incontrare.

Uno di quei sogni lo aveva fatto non molti giorni prima: aveva cominciato a sollevarsi, non senza qualche difficoltà perché la sua gonna si era impigliata tra i rami aggrovigliati di un tiglio; era riuscita a strappare il lembo di stoffa che si era lacerato sfilacciandosi in un lungo filo di lana che, srotolandosi dall'orlo del suo abito, la spogliava gradualmente, sino a denudarla del tutto. Il volo procedeva lento con una piacevole sensazione di frescura che le carezzava il corpo come se fosse stato immerso in un'impalpabile nube azzurra. Poteva vedere giù un pezzo della sua amata Costiera Amalfitana che saliva in alto verso la cima del Grossglockner sulle cui piste innevate scivolavano quattro gondole nere con a bordo delle bianche dame veneziane: procedevano lente, sorvolavano gli scogli e planavano leggere sulle lievi increspature bianche di un mare blu cobalto. Planava anche lei su una piccola insenatura di sabbia il cui tiepido calore le scaldava la schiena. Qualcuna, da sopra i monti, le urlava di non prendere troppo sole perché era bella così bianca.

Il racconto del primario procedeva lento e malinconico. Ogni luogo descritto, ogni personaggio narrato prendeva la forma di quelle immagini *naif* che non le apparivano più tanto fiabesche, ma una reale rappresentazione di un popolo insultato che continuava a gioire ogni giorno del Creato nell'illusione che ogni *shtetl* fosse una piccola Gerusalemme, fangosa ma ridente; che ogni settimana avrebbe avuto il suo *shabat* da festeggiare con danze e leccornie; che ogni sposa avrebbe celebrato le sue nozze sotto il baldacchino…

– Tutto come illustrato dal nostro caro pittore. – Concluse il medico. –

Inforcò gli occhialini e aprì una cartellina gialla:

– Mi perdonerà se l'ho… convocata, ma da quello che mi risulta, pare che lei sia l'unica persona amica, dottoressa Ranieri.

– Solo signorina Flora… parrebbe di sì, non mi risulta che avesse altre frequentazioni.

Segrè abbassò lo sguardo, accartocciò il busto sulla scrivania, con le due mani iniziò un movimento divergente, lisciando la superficie come lo svolgere lento di un rotolo di ricordi: lo srotolava con delicatezza, attento a non sgualcire con pregiudizi o malignità, quello che era stato il suo lungo vissuto con Samuele già nei primi anni cinquanta nel ghetto di Roma, dove la sua famiglia vi giunse proveniente da quello veneziano. Lui vi era rientrato da poco, da sfollato nella campagna romana.

Continuò:

– Non era il giardino della delizia – la campagna che avevamo lasciato da poco e dove ero nato nel '46 – ma era il luogo, polveroso e antico, dell'incontro di gente che cercava di contarsi numericamente e affettivamente. Shmwel, così lo chiamavano i vecchi, non ci abitava. Lui stava col padre infedele sopra alla merceria di via delle botteghe, poco distante; ma, in pratica, era come se ci abitasse, perché preferiva stare con noi e con i parenti ritrovati dopo secoli, non per dire, ma secoli davvero. Gli volevano tutti un gran bene, considerandolo un figlio virtuoso di un padre degenere. Il rabbino gli lasciava frequentare la nostra scuola e le nostre preghiere. Lui, non sembrava un *Gentile*, come chiamavamo gli altri, conservava i modi e i nostri costumi, come la *kippah* che non dimenticava di mettere in testa non appena varcava il Portico...

– Samuele mi ha parlato e anche scritto. – Lo interruppe.

– Scritto?

– Sì, una specie di diario; da quando smise di parlare.

– Scritto cosa?

– Un po' di tutto, come quel dolce con il nome...

– Lo *sfratto*... – rise Segrè.

– Se lo ricorda anche lei?

Il medico addolcì lo sguardo, socchiudendo gli occhi, spiegò:

– Lo *sfratto* era un biscotto a forma di bastone, lo vendevano alla pasticceria della piazzetta. Era una specialità di Anna, una donnona toscana che aveva imparato a farlo proprio nel suo paese in provincia di Grosseto… non ricordo il nome. Un dolcetto ripieno di profumi e dolcezze della terra promessa: miele, noci, mandarino, arancia, cannella… e non ricordo cos'altro. L'origine del nome, è una sintesi della secolare persecuzione della nostra gente. Quell'innocuo e dolce bastoncino altro non era, e lo è tuttora, che il simbolo del più doloroso e amaro bastone col quale, Cosimo de' Medici, sfrattava gli Ebrei dalle loro case per costringerli ad abitare nel ghetto… la sto annoiando con queste storie…

– Assolutamente no. Continui, la prego…

– Avremo modo di ritornarci… ora però…

Riaprì la cartellina gialla che aveva davanti come per leggere qualcosa. La richiuse. Non aveva nulla da leggere, ma solo da riferire. Si ricompose sulla sedia, distendendo il corpo dal precedente accartocciamento:

– Ho voluto fare questa lunga premessa per farle sapere che conosco molto bene Samuele. Che… avrei potuto aiutarlo meglio di chiunque altro, se solo me lo avesse concesso. Siamo rimasti separati per molti anni, il tempo dell'università, io a Milano, lui a Roma, per rincontrarci qui a praticare le nostre rispettive materie; ma è stato per un breve periodo. Avevo notato in lui i segni di quella diversità di pensiero che è tipico di una personalità schizoide… paranoica; da diventare anch'io, con il mio atteggiamento indagatorio, un suo 'persecutore'. È quello di cui soffre, e che ora mi tocca curare con quei devastanti medicinali. Mi sento in parte responsabile, come professionista e come amico.

Si accartocciò di nuovo sulla scrivania, unì le mani contorcendo le dita in segno di resa e imbarazzo. Lei restò a guardarlo, in attesa che continuasse. Non continuò. Si alzò di scatto e le allungò la mano per salutarla:

– Avremo modo di riparlarne, forse.

Lei si alzò con un movimento esitante, sarebbe voluta restare ancora, ascoltare il seguito…

– Sì… va bene… avremo modo di riparlarne… spero. – Si congedò con una qualche incertezza nella stretta di mano.

Si avviarono verso la porta: lei, con un passo indeciso; lui, con uno più sicuro.

Quel racconto interrotto l'aveva inquietata al punto di ritrovarsi di nuovo col problema della partenza della sua *Smart: – Stronza di una cazzo di macchina!* – Urlò. – La macchina si mise in moto più per l'imprecazione che per effetto della chiave di partenza, le sembrò.

Rifece il percorso del viale dei *camelopsis,* appena illuminato dalla debole luce dei lampioni crepuscolari che incominciavano in quel momento a funzionare.

Il cancello si aprì, comandato da qualcuno che dall'interno sorvegliava il traffico di quel posto abitato da spettri.

Il termine "paranoide" l'aveva già sentito, dallo stesso Samuele, con quel suo stravagante discorso sulla letteratura di soli digrammi o addirittura senza aggettivi che determinassero la forma, il colore e ogni altra specificazione dei sostantivi, che potevano, da soli, bastare per designare le cose e usarle. Ogni altra qualificazione, un inutile e ridondante orpello utile soltanto alla retorica dialettica, non alla praticità della vita quotidiana: – *Un primitivo non decideva prima, se fosse buona, calda o umida la sua preda, la mangiava e basta. Né decideva, dopo, se fosse stata buona, calda o umida; dovendo pensare alla prossima per sfamarsi di nuovo.* Un discorso che le sembrò, dapprima, un divertente *calembour,* per poi assumere un tono più convinto, sofferto; parlava della "paranoia umana": – *della quale era clinicamente affetto solo lo ze-*

*ro virgola qualcosa della popolazione; il restante, la col-
tivava con la consapevolezza che potesse essere l'unico
modo per difendersi dalla quotidiana malvagità degli
"altri". Tutta la storia era impregnata da questa malattia, giustificata da credi religiosi e ideologie politiche
che delle iperboli e aggettivi ne avevano sempre fatto un
uso strumentale, allo scopo di indicare "l'altro" come il
male assoluto. Semplici aggettivi come: perfido, idolatra,
infedele; per seminare il secolare odio tra i popoli che,
senza quella definizione, sarebbero stati soltanto degli
uomini e delle donne bisognose solo di un sostantivo: il
pane.*

Riuscì a comprendere il significato morale di quell'apparente affabulazione; convinta che lui non volesse appartenere alla categoria dei "perseguitati", pur avendone tutte le ragioni: quelle della sua gente; che, piuttosto, tentasse di esorcizzare quei fantasmi, anziché riaccenderli con nuovi timori.

Quel referto diagnostico di Segrè, invece, lo ridimensionava allo zero virgola tre – o sette – per cento, della popolazione patologicamente colpita.

Posteggiò la macchina. Notò che lo stava facendo anche Renato. Si sentì sollevata. Avrebbe potuto cenare e parlare con qualcuno, due cose che sentiva il bisogno di dover fare al più presto.

– Ciao, Renato. – Lo avrebbe baciato sulla guancia, se non fossero stati per strada.

– Ciao, Flora. – Restò anche lui sospeso, se scambiare quel bacio improponibile.

– Humm…? Il cartoccio di McDonald… siamo in ribasso…

– Da quelle parti non c'era niente di meglio…

– Mi eri dietro?

– Come al solito, dovere d'ufficio…

– Lo metti in nota spese, spero…

Risero all'idea. Aprirono il portone e, finalmente, si scambiarono i due baci sulla guancia. Più fragorosi quelli di lei, affamatissima.

La casa odorava di pasta lievitata; e quanto lievitata: sul mobile della cucina era steso un informe impasto bolloso con piccoli crateri già esplosi; un *blob* americano, solo di colore diverso.

– Cosa voleva essere?

– Una pizza rustica. – Piagnucolò.

– Che più rustico non si può. – Sorrise, per poi assumere un tono da cameriere:

– Allora… abbiamo un McChicken e un Crispy McBacon, quale scegli?

– Tutti e due.

– Nel senso?…

– Buono del termine: facciamo a metà di ognuno.

– It's a good idea, baby!

Si distesero sul divano. Lei cominciò a spartire con le mani i due panini, con l'attenzione di fare parti uguali; lui, a stappare con l'accendino le due Peroni.

– Come sta il vecchio?

– Abbastanza bene, fisicamente; per il resto… sembra come una marionetta caricata a molle, su e giù, su e giù…

– L'Olanzapina.

– E tu che ne sai?…

– È la cura Segrè.

– Lo conosci?

– Sì. Ho seguito un paio di sue lezioni che tenne presso di noi. Parlava dei delitti per devianza mentale: un argomento che non è tenuto in grande considerazione dalle nostre parti. Una deludente conclusione per l'intero apparato giudiziario e mediatico a favore di quello sanitario: gli avvocati non potrebbero pretendere una più cospicua parcella, i giudici guarderebbero impotenti i grossi faldoni zeppi delle loro erudite motivazioni, i *media* non farebbero più *audience* per la mancanza di un morboso movente che tenga in piedi decine di trasmissioni. Eppure, il novanta per cento, escludendo quelli premeditati dalla criminalità organizzata, si può annoverare certamente tra i delitti per infermità mentale. Chi uccide, in pratica, compie sempre un gesto da folle. Quindi: gli assassini sono tutti pazzi; almeno, in quel momento. Se i giudici dovessero tenere conto solo di quell'attimo: andrebbero tutti assolti… Mi sono impastato nel ragionamento come la tua pizza rustica… che avrei preferito a questa specie di cibo buono solo nel nome.

– Non è per niente scemo, il tuo discorso e… con questa fame, per niente male il mio hamburger: Prosit!

Allungò le sue gambe poggiandole su quelle di lui.

– Mi spremi un po' le gambe come l'altra sera: mi è piaciuto.

Aveva cominciato a farlo poco prima che si addormentasse. Le aveva preso tra le sue mani i polpacci e aveva cominciato a spremerli, prima lentamente poi, più forte, così come gli chiese di fare. Le piaceva quella sensazione lievemente dolorosa, la stessa che da bambina le riservava il padre al risveglio – *la mia piccina, piccina, piccina, che sta diventando una vera signorina* – lo sculaccione sul sedere la svegliava davvero, restando delusa che non completasse mai quel piacevole palpeggio.

Renato dispose meglio le gambe di lei sopra le sue. Lei si sfilò i *collant* dal bacino, lasciando che lui le arrotolasse e le tirasse via. Cominciò a palpeggiarle un piede con una mano, come a volerlo rimodellare, mentre con l'altra lisciava e spremeva il polpaccio con un continuo e lento movimento che iniziava dalla caviglia e giungeva sino all'incavo del ginocchio, per ripercorrerlo a ritroso con una lunga e impalpabile carezza.

– Oddio, eccitante… potrei anche…

– Ed io… resterei a guardarti… – la interruppe.

– …

Non glielo fece ripetere: sollevò appena il bacino e si sfilò gli slip che lasciò a mezza coscia, allargò appena un po' le gambe, s'inumidì le dita, chiuse gli occhi e cominciò a toccarsi col solo mignolo mentre con le altre dita copriva parzialmente la visione del gesto.

Lui sgusciò da sotto le sue gambe; si allontanò per ripararsi dietro il separé giapponese della cucina.

Non la infastidiva la sua presenza, che restasse nel suo *diverso altrove* con gli occhi aperti a guardare i suoi spasmi di solitario godimento, godendo anche lui. Era evaporata in un misterioso luogo mentale senza riserve, e in un tempo simultaneo di orgasmo mai provato prima.

Non avrebbe aperto gli occhi. Gli avrebbe dato il tempo di allontanarsi da quel luogo che occultava la sua innocua e infantile passione.

Trascorse parte della mattinata in un corridoio del Palazzo di Giustizia, dopo essere passata dalla Cancelleria per segnalare la sua presenza, così come indicato dall'invito a presentarsi dal PM in qualità di persona informata sui fatti.

Fu ricevuta intorno alle dieci e restò dentro la stanza del magistrato per circa un'ora. Alle dichiarazioni già agli atti, che le furono lette perché lei le confermasse, le furono fatte delle domande: circa la possibilità che lei avesse potuto calpestare la macchia di sangue, di quanto si fosse avvicinata alla vittima, se l'avesse toccata, se avesse aperto lei la porta o era già aperta.

Domande alle quali rispose: che non poteva ricordare esattamente certi dettagli ma che, certamente, non aveva potuto calpestare la chiazza di sangue, dal momento che era fuggita scalza da quel posto, lasciando le scarpe nel suo bagno; che si era avvicinata all'incirca un metro forse meno; che non l'aveva per niente toccata perché terrorizzata per quella vista; che la porta fosse spalancata.

Seguirono altre domande che precedevano il ritrovamento: se quella mattina avessero diviso il cappuccino bevendo dallo stesso bicchiere, in che modo si fossero recate in quel bagno, come mai avesse gettato nella latrina quel tampone... intimo, anziché nell'apposito contenitore.

– *Sì*, – rispose alla prima domanda, – *dividemmo il cappuccino come di solito*; per la seconda si ricordò vagamente che forse si erano recate in quel bagno tenendosi a braccetto, come spesso usava Adelina; per quanto riguardava il *Tampax,* disse che: – *probabilmente, per la concitazione, aveva buttato nel water il tampone, senza nemmeno il tempo di sostituirlo con uno nuovo.*

Poi, il magistrato, reggendosi con una mano il mento con un'aria imbarazzata, stava cercando di fare una domanda che non riuscì a formulare perché lei scoppiò in una clamorosa e inaspettata risata: un ridere compulsivo che aumentava d'intensità proporzionalmente alla serietà del Procuratore; tentava di smettere, sollevava la testa per cercare di ricomporsi e ricominciava non appena inquadrava la figura che le stava di fronte: una testa tonda incassata nelle spalle e sostenuta con una mano, gli occhi sbarrati inquadrati da degli occhiali con una spessa montatura nera, il naso adunco; le pareva quella di un gufo appollaiato su un trespolo. La cosa che la faceva più divertire era che restava fermo e imperturbabile, proprio come la fissità del rapace impagliato che teneva in salotto la sua vecchia zia Jolanda.

Non riusciva a non associare quell'immagine e continuava a ridere mentre, il magistrato e il cancelliere, restavano immobili in attesa che lei smettesse.

Si riprese scusandosi:

– È stato quel suo modo di porgersi per farmi la domanda che…

– Quale domanda immaginava?

– Quella di una mia possibile…

– … Relazione amorosa con la dottoressa Ambrosetti?… – La interruppe.

Si fece seria in volto e fissò lo sguardo che era rimasto interrogativo.

– Qui, dovrei ridere ancora di più. – Affermò con un tono deciso.

– Non credo. Perché ora le chiedo come mai abbia supposto che avrei potuto formulare quel tipo di domanda. – Ribatté serio.

– Perché immagino sappiate del mio orientamento sessuale e che le domande che mi ha fatto prima contenessero già delle allusioni a questo. – Lo fissò negli occhi.

– D'accordo, ma perché ridere?

– Perché è davvero ridicola questa supposizione. E, poi, mi scusi… quella sua faccia…

– Basta così, può andare. – Si alzò e le porse la mano, evitando di guardarla.

Sulla scrivania trovò una copia del giornale locale già aperta e piegata su un trafiletto di poche righe con un titolo superbo:

Una donna esemplare

La vita della dottoressa Ambrosetti era quella di un'esemplare donna devota alla famiglia e all'Opera di Dio. Le sue giornate rigidamente cadenzate da tempi esclusivamente dedicati alla sua numerosa famiglia, al lavoro presso l'Università Statale e quello volontario presso la Residenza Universitaria. Nessuna amicizia privata che non fosse quella frequentata assieme al marito. Sola eccezione, la pausa caffè che condivideva con la dottoressa Ranieri (la signorina Flora) e la loro abitudine di recarsi nell'unico bagno riservato alle signore, il luogo dov'è stata trovata uccisa. La dottoressa Ranieri, nubile, che non è riuscita a fornire nuove informazioni di quelle già note, rimane l'unica persona informata sui fatti accaduti in quel luogo. V.P.

Sembrava più uno stringato comunicato di un qualche ufficio stampa, che un articolo giornalistico.

– Preside, è suo questo giornale?

– Sì, è mio. L'ho messo lì perché lo leggesse.

– Non riporta nulla di nuovo.

– Infatti, è solo un promemoria... per mantenere in vita la notizia che altrimenti passerebbe nel dimenticatoio...

Il tono non era di chi volesse commentare banalmente il fatto. Sembrava, bensì, un monito per chi dovesse intendere…

– Cioè, un'iniziativa editoriale.

– Di stare in campana… come si dice.

– Stare in campana, chi… preside?

– Chi deve starci, dottoressa Ranieri…

La sua mattinata al Palazzo di Giustizia si era conclusa con una fredda stretta di mano col magistrato. Il distacco del preside, il suo severo ammonimento e quel giornale buttato lì, la posero in uno stato d'insicurezza. Cominciò a pensare che il sospetto su di lei potesse aver già influenzato tutti.

Nel corridoio incrociò Teresa che salutò col solito ciao. Le rispose con un distaccato: "Buongiorno dottoressa."

Avrebbe voluto chiamare Renato.

Teneva in mano il cellulare appoggiato sul foglio di giornale, fissando il display: non poteva chiamarlo, non doveva farlo, per nessuna ragione. Forse, un SMS solo per fissare un appuntamento? Decise di non rischiare perché, ormai, era chiaro che fosse intercettata: non poteva rendere nota la sua amicizia con una conversazione privata. Ricompose il giornale, nel suo formato e impaginazione originale, e se lo mise sotto l'ascella.

L'era passata la fame e non aveva voglia di tornare a casa per cucinare, decise di prendere qualcosa alla rosticceria di fronte all'Ateneo, solo un pezzo di focaccia che avrebbe mangiato sul lungomare: sentiva il bisogno di spazio.

Il locale era pieno di studenti in piedi e qualcuno seduto ai pochi tavoli allineati contro il muro. L'odore era l'unico delle focacce che continuavano a sfornare. In piedi, aspettava il suo turno. Si accostò un giovane riccioluto con un viso sorridente:

– Il suo numero… signorina Flora.

Lei guardò il bigliettino numerato, sorpresa che occorresse il numero per la coda e, soprattutto, che il ragazzo conoscesse il suo nome.

– La ringrazio, molto gentile…

– Mi chiamo Gennaro.

– Pi… piacere… – esitò lei.

Il ragazzo stava armeggiando col suo telefonino alla ricerca di qualcosa. D'improvviso si fermò per sottoporle la visione di una foto:

– Se la ricorda?

– Certo è…

– L'ho scattata io… mi hanno dato solo venti Euro, quei pezzenti del giornale.

Le sembrava diversa da quella pubblicata, vista in quel piccolo formato sullo schermo… appariva più reale, con i colori giusti e il volto meno rigato dal rimmel…

– Scorra il display: ce ne sono altre due.

Fece scorrere le immagini. In una, era ancora in piedi, scalza, con accanto Teresa che teneva in mano le sue pantofole; nell'altra, c'era l'immagine totale del bagno presa dal corridoio dove, in lontananza, s'intravedeva appena il corpo di Adelina, parzialmente occultata da un piccolo gruppo di persone accalcato sulla porta.

Si soffermò su quest'ultima immagine non riuscendo a distogliersi: continuava a guardarla nel suo totale, senza soffermarsi sui particolari; sembrava un luogo diverso.

– Se vuole, gliele passo… – la risvegliò il ragazzo – … a lei posso fare molto meno, le spetta il diritto d'immagine… – concluse con un'aria professionale.

Lei lo guardò con il volto imbambolato. Cercò di dirgli qualcosa, mentre quello le chiedeva se avesse *Whatsapp* installato sullo smartphone. Lei rispose di sì, che glielo aveva montato una sua amica (Valeria); ma che non lo sapeva usare.

– Me lo dia, faccio io.

Lei prese dalla borsa il telefonino ed esitò un attimo prima di passarglielo; non l'ebbe lo studente che lo prese dalle sue mani con un gesto rapido: si mise a smanettare per restituirglielo subito dopo e spiegarle come fare per rivedere le immagini.

– Grazie. – Disse lei, ancora confusa.

– Magari… mi paga solo il pezzo di focaccia.

– Sì, volentieri… – gli rispose distrattamente, continuando a guardare il display.

Uscì per strada, tenendo in una mano il pezzo di focaccia e nell'altra il telefonino. Fece scorrere le immagini per tornare a guardare quella dove appariva lei vicino a Teresa: si reggeva con un braccio sulla spalliera della sedia, il volto stravolto dal terrore, la bocca spalancata in un grido di dolore; non si riconosceva, e non ricordava di aver pianto così disperatamente, sembrava un'altra: una qualunque *donnetta* isterica; non l'immagine che aveva di sé.

Continuava a guardare la foto, nel tentativo di reinventare una posa più adeguata alla sua personalità: pallida, sì; ma severamente composta, senza una sola inelegante sgualcitura nell'abito e nel volto; non quella di una prezzolata *prefica* – ruolo spettante alle femmine dell'antica Grecia, e ancora alle compaesane di Bernalda della madre – che sarebbe stato utile assoldare per il funerale del padre, dove a nessuno venne in mente di improvvisare un lamentoso pianto per il *caro estinto;* tutti, invece, propensi a suggerire utili consigli sulle pratiche funerarie, quasi una sollecitazione a disbrigare al più presto l'*incombenza* di chi era già stato destinato a morire sin dal giorno della stringata diagnosi: *sospetto carcinoma;* dove, l'incerto termine "sospetto", servì soltanto a sospendere il tempo tra un inutile intervento chirurgico e un'altra illusoria incertezza: che dalle metastasi potesse guarire. Un intervallo troppo lungo, per essere riempito da inutili menzogne consolatorie; evitò di soffermarsi accanto, raggirandosi nei pressi; frapponendo, tra sé e l'inevitabilità, il debito spazio fisico che non consentisse alcuna confidenza verbale se non un semplice sfuggente saluto: "ciao pà..." che, forse, era stato il modo più meschino per palesargli il suo congedo definitivo.

Non era stato così con Adelina che, per la prima volta, le stava confidando di un suo sogno che ripeteva spesso: di lei che percorreva il bordo di una strada alberata tenendo una grossa e vecchia valigia che, per effetto gravitazionale inverso, era costretta a trattenere, col braccio teso e la mano stretta alla maniglia, sopra la sua testa. Come se fosse il grosso bagaglio a portare lei verso un luogo dove l'attendeva una sua amica...

Sogno che interruppe, per l'impellenza di entrare in bagno, ma che avrebbe terminato subito dopo.

Quel dopo fissato in un'istantanea che, ora, le appariva ragionevole, per la disperazione espressa: solo un attimo prima, avrebbe dovuto ascoltare il finale di quel grazioso sogno, e non scoprire, di colpo, l'irrazionalità di un corpo il cui bianco bacino restava ostinatamente incollato sul water, i neri slip restavano sospesi a mezz'asta sopra le ginocchia mentre il rosso del sangue continuava a colare vivo e sbrigativo, per l'urgenza di abbandonare un corpo che non gli apparteneva più.

Riconsiderò l'affrettato giudizio sulla "donnetta" piangente, rivolgendole un più affettuoso e amichevole sguardo.

Sul pontile del circolo vela un istruttore stava imbarcando dei ragazzini su delle piccole barche a vela: delle mini imbarcazioni quadrate che sembravano delle tinozze messe in acqua. Mordicchiava svogliatamente la sua focaccia, seduta su una panchina. Era ansiosa per quei bambini, ingolfati in quei giubbotti arancioni, che stentavano a stare in piedi su quei mastelli instabili. L'istruttore urlava a quelli già dentro di stare seduti dalla parte giusta, e sembravano non volessero ascoltarlo, preferendo stare in piedi con la sola voglia di piangere; ma nessun genitore era nei paraggi, che, sicuramente, glielo aveva proibito il navigato e abbronzato nostromo, pronto a pontificare che il mare è maestro di vita. Lui, che di vita ne sapeva ben poca, avendola trascorsa interamente sul bordo di quella banchina a giocare con le barchette in mezzo al mare. Gli avrebbe gridato volentieri:

– Stai accorto minchione! Bada che non caschino; quella cicciottella, poverina, spostala verso il centro, che tra poco scuffia; e non urlare sempre, parla con dolcezza, tanto nessuno di quelli farà mai il marinaio o il pescatore: navigheranno su possenti e stabili SUV lungo strade asfaltate *e lisce, altro che su quel mare malfermo, traditore, e pure bagnato.*

Le barchette s'infilarono una dietro l'altra, spinte da un venticello proveniente dal viale principale che incrociava la darsena. Le seguiva col gommone l'ammiraglio della piccola flotta, che continuava a urlare di cazzare, e quelli tutti insieme cazzavano e andavano in fila indiana: scivolavano lenti e silenziosi, diretti verso i frangiflutti che avrebbero superato per prendere il largo e fuggire via da quel rompicoglioni urlante. Invece, virarono alla piccola boa e tornarono indietro con dei movimenti uguali e sincronizzati. Ora ridevano quei piccoli stronzetti. E urlavano a se stessi: boomaa!

Giocavano a fare i marinai.

Incartò il resto della focaccia per buttarla nella pattumiera poco distante. Appoggiò le braccia sulla ringhiera e decise di restare a giocare con loro tutto il tempo che fossero rimasti a veleggiare davanti a lei. Ogni tanto, li salutava con la mano. Loro rispondevano agitando le manine.

Attese che fossero sbarcati tutti, sani e salvi. E, per maggiore sicurezza, li contò: otto, uno per ogni barca.

Si sbracciò per salutarli. Rispose solo la grassottella, rimasta sola in coda al gruppo.

Doveva rientrare, ma non ne aveva voglia. Si allontanò con un passo pigro. Prese la prima delle tante strade parallele che dal mare portavano alla ferrovia. Era stata la sua strada. Molti palazzi erano cambiati. Non il suo, che rimaneva basso a due piani in mezzo a quelli di sei senza balconi. Il suo palazzo bianco Andaluso, con i balconi di ferro battuto, gerani rossi in ogni angolo e le sue gambette appese tra le inferriate che scalciavano l'aria ferma d'interi pomeriggi quando il sole illuminava i palazzi dall'altro lato e, dal suo, restava l'ombra impregnata di calore: mai sufficiente, per la madre, che le urlava di non prendere freddo al culetto.

Nonostante la recente pitturazione rosata, che lasciava intatto il bianco del marmetto intorno alle finestre, era rimasto tale e quale, ma rimpicciolito. Le sembrava un palazzetto di paese incastrato tra gli slanciati palazzoni cittadini di cemento a vista con vetrate impenetrabili. Poca cosa, di quello che era stato un fabbricato abitato solo da diciassette persone stabili, ma frequentato da altre decine, forse centinaia, che ogni giorno visitavano il negozio di abbigliamento sulla strada, con annessa sala prova nell'androne e, soprattutto, l'amministratore della porta accanto che prestava soldi a interesse e gestiva un banco pegni la cui cassaforte era un cassetto del comò nella sua stanza da letto: un forziere, colmo di oro e gioielli, che nessuno avrebbe mai potuto rubare o scassinare senza fare danno a se stesso e alla comunità di appartenenza. Una riserva aurea, e sentimentale, che assicurava una liquidità finanziaria a quella povera gente che onorava, non puntualmente, ma di sicuro, la restituzione anche tripla del valore dell'oggetto custodito. La fila era sul pianerottolo, e in parte sulla rampa della scala, già alle prime ore del mattino. Tra loro parlavano a voce alta, confidandosi le sciagure famigliari che li inducevano a stare dietro quella porta. L'amministratore era sempre nominato con ossequio: *se non ci fosse stato lui, non avrebbero saputo dove sbattere la testa per pagare i debiti o acquistare altro oro* per i sacramenti comandati dal Signore. Lo *sportello* era frequentato prevalentemente dagli abitanti del borgo antico, poco distante, che parlavano in un modo colorito – non sempre comprensibile – zeppo di metafore e motti pronti all'uso per ogni circostanza e situazione impervia, o spensierata, della loro vita. Si divertiva a sentirli parlare con quelle espressioni che fluivano leggere, veloci e senza esitazioni per la padronanza assoluta della lingua vernacolare. Spesso, parlavano di numeri legati ai sogni: ne mancava sempre uno, bastante a realizzarli.

Restava appoggiata allo stipite della porta aperta e, qualche volta, ci ricavava qualche dolcetto casereccio che quelli sottraevano dall'involucro destinato al loro benefattore. Questo, accadeva solo di mattina. Il pomeriggio, spesso, varcava la soglia di *Fort Knox* (come lo chiamava suo padre) per aiutare l'amministratore a incartare le gioie e porre il nome del proprietario e la data di ricevimento. Compenso: il resto delle pastette.

Se non era dal finanziere, si soffermava nell'androne in attesa di una qualche cliente del negoziante che entrava, per provare l'abito, in un piccolo sgabuzzino ricavato nel sottoscala che conteneva un manichino e un alto specchio verticale. Qui, le chiacchiere erano in lingua, e concernevano soltanto piccole diatribe famigliari: di quanto piacesse o no l'abito alla figlia, rispetto a quello che piaceva alla madre. Lei restava a guardare quelle donne più grandi in sottoveste, a scoprire la differenza volumetrica dei loro seni e glutei, il biancore della pelle e il suo piacevole odore di calda intimità.

Non di rado, era coinvolta a esprimere un suo parere. Ricompensa: un piccolo buffetto sulle guance e la frase consolante di essere bella ed educata.

Poi, c'era il segreto (mistero) di quel palazzo: al secondo piano, porta a destra delle scale. Era stato abitato dalla signorina *grande,* Amneris, (il suo nome, le spiegò, le era stato dato dal padre melomane) la sua insegnante di ripetizione di matematica. Una donna affascinante, dai modi molto raffinati e riservati; qualità immiserite dal termine: "gattamorta", affibbiatole dalle altre coinquiline.

La signorina Amneris aveva, all'epoca delle incomprensibili equazioni, l'età che lei aveva adesso: troppo *grande* per essere ancora signorina, inutilmente corteggiata dai maschi del vicinato che la bollarono di essere una donna frigida, – termine che lei associò all'enorme frigo bianco, colmo di sole bottiglie d'acqua, che all'epoca chiamavano: *frigidaire* – definizione certamente più appropriata dell'animale morto, perché così appariva anche a lei, e gradiva che restasse: riequilibrava un rapporto conflittuale tra sé e la morbosa figura materna, esageratamente femminile e lasciva nei confronti del padre e del fratello; sin dal mattino, quando la trovava che sommergeva con l'enorme seno la nuca di Vittorio, mentre era seduto a colazione. Faceva scivolare le sue mani lungo il torace fin giù all'inguine, per poi baciargli voluttuosamente i capelli con un malsano sguardo di libidine.

Meno plateali le esternazioni col padre che si limitavano a sguardi d'intesa e si concludevano nella stanza matrimoniale senza alcuna limitazione nel farsi sentire di quanto godesse. Era un suo modo per tormentarla, aveva sospettato. Una maniera per farla sentire meno femmina, che rimarcava con commenti sempre sprezzanti sulla mancanza di *"sostanza"* del suo corpo che, al contrario, continuava a prendere un'abbondante forma, per la reciproca costernazione: la madre per invidia; lei, per l'imbarazzo di somigliarla.

L'austera signorina Amneris, ristabiliva un ruolo e una figura estetica che aveva desiderato fossero stati quelli materni. Le piacevano i suoi modi severi nell'esternare quella logica materia che metteva ordine a ogni cosa e che, paradossalmente, amò più di ogni altra. Apprezzava quel corpo rigorosamente contenuto in abiti che non lasciavano intravedere un solo pezzo della sua carne e, soprattutto, emanava un odore neutro di pulito, anziché la soffocante e rancida esalazione materna: una scia che impregnava ogni cosa, tra quelle mura, come una marcatura animalesca di un territorio.

Fu il suo primo sguardo incantato su quel "segreto" e diverso mondo femminile: un'acerba attrazione che si limitò soltanto nel piacere di starle accanto. Tutto ciò che era "misterioso" per il vicinato, le parve, già allora, come una limpida e differente scelta (orientamento, avrebbe detto in seguito) di vita.

La frequentò solo due anni, i primi delle medie inferiori. Poi, la signorina Amneris, vendette e andò ad abitare in periferia con una sua parente. Così, dissero in giro.

Quel grande portone di legno chiaro, ora era chiuso e invalicabile: al primo piano continuavano a esserci la madre, l'amministratore e la scialba consorte.

L'amministratore aveva cominciato a frequentare la sua casa già dalla malattia del padre, finanziando gran parte dell'inutile e costosa cura.

La madre viaggiò con lui a Milano e Zurigo (escludendo lei e il fratello, *che era bene non fossero coinvolti in quel penoso pellegrinaggio*) risiedendo, per tre mesi, in costosi alberghi generosamente pagati in contanti dal suo "filantropo".

In seguito alla morte del padre, il benefattore dell'intera umanità impiegò poco a liquidare il fratello con una somma a molti zeri perché avviasse la sua agognata agenzia di assicurazioni. Lei, più semplicemente, fu liquidata direttamente dalla madre, in privato, con l'accusa esplicita di frequentare ragazzine. Cosa che la fece impazzire per la mostruosità della calunnia. Pianse in modo disperato, ma comprese che non avrebbe più potuto vivere in quella casa.

In presidenza non c'era nessuno. Come le era stato già anticipato da Grimaldi che non sarebbe rientrato.

Si tolse le scarpe, provando sollievo a tenere i piedi nudi sul pavimento. Non c'era alcuna pratica urgente da valutare o archiviare. Si abbandonò sulla sedia, tornò a pensare alla piccolina della darsena che si era attardata per salutarla, all'altra bimba con le gambette penzoloni fuori dal balcone, alla casa oltre quel portone… Si ridestò dal torpore, accese il computer con decisione: avrebbe sistemato le tante cartelle e fatto pulizia dei *files* vecchi.

L'usuale *password* le negò l'accesso. Ripeté l'inserimento, badando che non fosse attivata la maiuscola, ottenendo lo stesso risultato. Rimise le scarpe e si recò nel vicino centro dati per chiedere se c'erano dei problemi con la rete: – *Ce ne sarebbero stati per almeno un paio d'ore,* fu la risposta di uno dei tecnici.

La teoria di Grimaldi, sulla tempesta magnetica, aveva una sua valida ragione: *un black-out di pochi secondi, per mandare in malora l'intera umanità.* Per il momento, e per le prossime due ore, era lei sola a essere tagliata fuori da ogni possibilità di fare qualcosa che le impegnasse la mente. Si ricordò del bigliettino da visita di Segrè, lo tirò fuori dalla borsetta, era un numero di cellulare. Prese il suo, c'era campo (almeno quello) compose il numero:

– Buonasera professore, sono la signorina Flora.

– Buonasera, dottoressa…

– La prego, solo signorina.

– Sì, … signorina. Mi dica.

– Volevo notizie di Samuele.

– Sta bene, molto meglio
– Ecco, volevo chiederle…
– Venga di persona… a risentirla. – Chiuse.

Restò a guardare il display con l'aria scimunita: forse non avrebbe dovuto… eppure dal tono le era sembrato gentile… nemmeno il tempo di chiedergli…

Chiuse il telefonino: era out da tutto!

Decise di uscire a passeggiare nel cortile/chiostro. Varcò il colonnato con l'intenzione di percorrere il tracciato del labirinto.

La luce livida, del tardo pomeriggio di fine Ottobre, rendeva il disegno più scolorito; meno nitido il contrasto del verde contro i ciottoli bianchi che ora apparivano grigi; le foglioline della siepe di bosso le sembravano meno fitte, quasi spelacchiate. Si chinò per scostare con la mano il groviglio di rami ed esaminare se l'interno fosse stato altrettanto sciupato…

– Cerca qualcosa?

La voce la fece sobbalzare: era riecheggiata con una vibrazione acuta sopra la sua schiena chinata per osservare più da vicino le piante. Si raddrizzò con un leggero tremolio alle gambe, si voltò di scatto per giustificarsi con una voce incerta e timorosa:

– No, no… non cerco nulla… il computer non funziona…

Guardò in alto per rendersi conto da dove fosse pervenuta quella voce: qualcuno stava richiudendo l'imposta della finestra del primo piano; non fece in tempo a individuarlo. Restò con la testa rivolta verso l'alto per cercare di capire di quale ufficio si trattasse; nessuno, in particolare, quella finestra era in linea con quella dei bagni: i gabinetti riservati al personale non docente.

Decise di salire per verificare chi potesse essere stato. Per sbrigarsi, utilizzò le scale di servizio: due rampe di ferro, strette e lunghe, con l'alzata dei gradini troppo alta per la sua lunga gonna a *tubino;* se la tirò su oltre le ginocchia, a mezza coscia, per agevolare la falcata. Giunta al piano, imboccò il lungo corridoio, quasi correndo. In senso inverso vide andarle incontro la bidella di Lingue, correndo anche lei, allarmata dal baccano dei suoi passi. Si fermò ansimando, notò che la donna le guardava le gambe, si sistemò la gonna, sorridendo per l'imbarazzo. La donna le stava di fronte, ansimante e col viso preoccupato, in attesa di una qualche spiegazione. Con la scusa di prendere fiato, le fece segno con la mano di attendere.   Stava stupidamente temporeggiando, non sapendo quale pretesto addurre per quella sua corsa isterica. Fu sollecitata dalla bidella:

– È successo qualcosa?

– No, niente… – rispose, consapevole di quella insensata negazione; se avesse detto che stava facendo *jogging* sarebbe stato più credibile, pensò.

Quella, restava in attesa di una risposta meno generica del diniego.

Lei non riuscì a far di meglio che un puerile sorriso a bocca storta, limitandosi a informarla:

– Torno giù…

La bidella la guardò dubbiosa, facendo spallucce, come per indicarle che era libera di fare ciò voleva.

Fu colta da un senso d'inadeguatezza per il luogo, la persona che le stava di fronte e la circostanza; uno smarrimento che le provocò un leggero capogiro. Si toccò la fronte col palmo della mano, palesando il suo leggero malessere.

Si sente bene signorina Flora?

– Sì… tutto bene, grazie. – La guardò stupita: un'altra che l'aveva nominata come la didascalia.

– Allora… vado. – La salutò.

Si avviò, quasi barcollando, per il chilometrico corridoio, reso più lungo dallo sguardo della donna che sentiva appiccicato sulla schiena. Cercò di affrettarsi: voleva rifugiarsi nel suo ufficio, prima possibile.

"Merda!" – Mormorò tra sé.

Scese di corsa le scale.
Entrò nel suo ufficio.
Si sedette al suo posto.
Provò a contare i tiretti dello scrittoio.
Erano sedici, lo sapeva.
Li ricontò:
uno, due, tre, quattro, cinque…
Li ricontò a rovescio:
sedici, quindici, quattordici, tredici…
Erano esattamente sedici, quattro per fila.
Desiderava una sigaretta.
Cercò nella borsa.
Niente.
Tirò fuori il telefonino.
Aprì la rubrica.
Era tra i primi nomi.
Pigiò sull'icona.
Ascoltò il messaggio della segreteria telefonica.
Al termine, quasi urlò:
– "Dobbiamo vederci, stasera!"

Tornò a casa.

Cominciò a pensare:
L'aveva fatto, e allora?
Non aveva nessun altro con cui parlare.
Un cazzo di pomeriggio di merda.
C'era mancato pure che fosse passata sotto casa.
Il medico di Samuele le aveva chiuso il telefono.
Quello che si era affacciato alla finestra.
La bidella che l'aveva riconosciuta.

Il marinaio cazzone.
I bambini che non avevano risposto al saluto.
La cicciottella triste.
Il computer che non funzionava.
E non aveva nemmeno mangiato quel pezzo di gomma fredda.

E ipotizzò le risposte:
Non dovevi farlo.
Col pericolo che vengano a sapere di noi due.
Non era il caso di telefonare al professore.
Tua madre considerala morta.
Che ci sei andata a fare in quel cazzo di giardino.
Non dovevi salire a Lingue.
Mangia qualcosa.

Aveva voglia di piangere.

Tornare indietro per bussare a quel portone.

L'avrebbe pregata di aprire.

Aveva bisogno di recuperare qualcosa che era rimasto là dentro.

Non molto: solo un po' di tempo e qualche cravatta paterna, di quelle che indossava davanti allo specchio grande dell'armadio, spiegandole i tre facili giri magici: uno… due… tre… oplà!

E la sua solita lagna:

– *Facili un corno, papà. Io mi fermo sempre al primo.*

– *Perché non sono cose da femminuccia.*

– *Mi potevi fare maschio, allora.*

– *Noo, a chi avrei fatto le coccole?* –

Tre giravolte ipnotiche che lo trasformavano nel più bell'uomo della città.

Si alzò dal divano, andò decisa davanti al suo armadio grande, bianco. Aprì l'anta con lo specchio lungo, sbottonò velocemente la giacca, si sfilò la gonna, la camicetta e il reggiseno; tenne solo le mutandine. Indugiò sul suo aspetto nudo, riflesso per intero – cosa che non le capitava spesso di fare, limitandosi a specchiarsi in quello piccolo del bagno – pose le mani dietro la nuca e ruotò il corpo su entrambi i lati, tenendo i piedi fermi per terra: quella posa le slanciava l'intera silhouette, rendendo più snelli i fianchi e più alti i seni. Riabbassò le braccia per giudicarsi con maggiore obiettività: si trovò complessivamente ancora piacevole; le parve che nessuna parte fosse ceduta, come clamorosamente avveniva nelle sue amiche coetanee, ancor peggio se sposate.

Cercò tra le grucce l'unica cravatta in suo possesso: una sottile striscia nera che non aveva mai indossato. Se la passò sul collo, dietro la nuca. Il contatto della seta fredda sulla pelle le dette un brivido che le intirizzì il corpo, rassodandolo ancora di più.

Uno, due, tre,… oplà!

Strinse il nodo sino alla gola, lasciò che la striscia le cadesse tra i seni e raggiungesse l'inguine, poco sotto l'ombelico. "Perfetto!" Sussurrò, meravigliandosi che quel semplice orpello di tessuto nero armonizzava e completava l'immagine che aveva di sé: un corpo bianco, piacevolmente femminile, sul quale s'innescava un pezzo dell'altro genere rendendolo gradevolmente maschio. Non era la stessa cosa che indossarla sopra la camicia del suo *tailleur*: una volgarità che non avrebbe mai esibito.

Continuò a rimirarsi finché non udì suonare alla porta. Corse in bagno per indossare l'accappatoio bianco. Aprì.

– Eri sotto la doccia?

– No… no… stavo per entrarci…

– Preparo la cena.

Lo vide che si avviò verso la cucina, tenendo in mano il cartoccio della spesa. Lo seguì, fermandosi poco dietro:

– Non sei arrabbiato?

– Perché dovrei esserlo?...

– La… telefonata… – bisbigliò imbarazzata.

– Niente di compromettente.

Si rilassò abbassando le braccia, scoprendo l'accappatoio.

Renato interruppe la sistemazione dei viveri nella dispensa, restando con un braccio sollevato a mezz'aria, nell'incerta decisione se riporre sul piano della mensola la scatola di pomodori pelati o guardarla. La guardò:

– Oh, oh, monsiuer Ranierì!

– Scemo! – Rise.

Stava per togliersi la cravatta, lui fece un leggero cenno di no con la testa:

– …

Non era vero niente:

Non era stata a giù al dinghy.[1]

Non c'era nessun padre dandy.

Non c'era più quel palazzo Andaluso.

Non aveva passeggiato nell'orto concluso.

Gli riferì delle foto del ragazzo e della voce rimbombata nell'atrio dell'Ateneo. Lui, cambiò espressione e restò fisso a guardare il vuoto con una smorfia di sorriso:

– Hanno ingaggiato lo stronzetto... – scandì tra i denti.

– Cosa?... – Chiese lei, curiosa.

– Quello stronzetto l'hanno ingaggiato... – ripeté.

Lei non riusciva a seguirlo:

---

[1] Citazione da: "Nove racconti" di J.D.Salinger -

– Che cosa vuoi dire?

Le spiegò che il ragazzo era stato contattato da "quelli" affinché le passasse quelle foto col sistema di *Whatsapp;* in modo che restasse traccia della trasmissione su entrambi i telefonini.

– Continuo a non capirti…

– … che, probabilmente, anzi, no, certamente, tra qualche giorno sequestreranno entrambi i cellulari. Domanda: è stato il ragazzo a contattarti o tu a cercarlo?

– Cosa vuoi dire?

– Che il magistrato non trascurerebbe la seconda ipotesi.

– E perché l'avrei "cercato"?

– Per avere le altre foto…

– Per farne cosa?...

Renato esitò un attimo. Poi, con un tono tecnico e puntiglioso, affermò, non senza un velo di sarcasmo:

– Una mania degli assassini seriali, come quelli "sessuali", pare sia quella di voler tornare sul luogo del delitto… – Scoppiò a ridere.

– Non fare lo scemo! C'è poco da ridere.

Si fece serio:

– No, è che mi fa ridere l'ipotesi del mio collega della "psico". Sarà stato il suggeritore di questa trovata…

– Il ragazzo potrebbe affermare il contrario, che è stato lui a "contattarmi".

– Un bel po' di soldini… o qualche "posticino"… e cambierà opinione.

– Cancello le immagini! – Prese il telefonino.

– Non farlo. Complicheresti le cose.

Si fermò, guardò Renato con un'aria ostile.

– Non guardarmi con quella faccia. Non sono un pervertito mentale; è solo il mio mestiere…

– Già, è solo il tuo mestiere. Visto che ci sei, svelami il mistero di quella voce nel cortile.

– Sempre lui, il ragazzo. Ti starà seguendo ovunque, spera di fare lo *scoop* fotografico, magari cogliendoti mentre cerchi l'arma del delitto nei grovigli della siepe…

– E perché avrebbe gridato?

Renato rispose indulgente:

– Perché in fondo è un ragazzo. Non gli pareva vero di poterti spaventare con un: *Buum!* – Sorrise.

La parte comica finale alleviò appena quella iniziale: la sintesi, su quel giovane fotografo, la ricacciò di brutto in una visione distorta della realtà. Eppure, quel ragazzo le era sembrato innocuo, gioviale, con quei boccoli sparpagliati sulla testa come fosse un genio pazzoide delle alchimie informatiche, piuttosto che uno spacciatore di foto tossiche, così come lo aveva descritto Renato. Di una cosa era certa: era un altro tassello di un interminabile *puzzle,* non utile a completare il disegno diabolico che sembrava, ormai, essere solo nella mente degli investigatori di ambo i lati; un nuovo ingarbugliamento che avrebbe allungato i tempi di un suo probabile incontro con Valeria.

Lo riferì a Renato che, intanto, aveva cominciato ad armeggiare con le pentole.

– Vorrei che qualcuno mi dicesse che non è vero niente. Che non c'è stato mai alcun delitto all'Ateneo, che nessuno stia indagando sul mio conto…

Aggiunse ridendo:

– … dal momento che *l'indagatore* mi sta cucinando la cena con indosso un grembiule *vintage* merlettato…

– A una signora mascolinamente seduta con le gambe accavallate e una cravatta nera al collo. – Scherzò pure lui.

– Fosse così, potrei rivedere la mia piccola…

Lui, continuando a sbattere le uova, le rispose che, probabilmente, sarebbe stato così: che il solo indizio, della pantofola macchiata, era stato accantonato, per la ricostruzione fatta dalla bidella che si era ricordata che le fosse sfuggita di mano, nel tentativo di scavalcare la chiazza di sangue, e fosse finita proprio lì sopra. Lo ricordava bene, per aver tenuto la scarpa lontano dai suoi abiti per non sporcarsi. Avevano così evitato di proseguire sul quel filone che riguardava lei e che, probabilmente, avrebbe potuto includere anche un eventuale interrogatorio a Valeria che... a proposito... l'aveva incontrata.

   – Co... come sta? – Trasalì, emozionata.

   – Un po' smagrita, ma sempre bella.

   – Smagrita quanto?

   – Solo nel volto, mi è parso...

   – La mia piccina... – quasi piangeva.

   – Mi ha detto di riferirti che il ventotto l'ha preso da sola... e che non ha fatto la baciante.

Non riuscì a trattenere una lacrima, sgorgata spontanea.

Renato smise di sbattere le uova e andò a sedersi accanto per consolarla. Lei si rannicchiò sul suo corpo, tenendo il viso schiacciato sul suo petto. Le parlava tra i capelli, con le labbra poggiate sulla sua nuca. Un discorso che le arrivava ovattato, confuso: di un'inenarrabile faida millenaria di milioni, più uno, di essere umani eliminati innocentemente da una giustizia sommaria, gratuita, fai-da-te; fatta in nome di un unico Dio con tre nomi diversi. Il terzo, dei quali, si stava vendicando sugli altri con una ferocia esemplare. Ma... che di tutto questo, non spettava più a lui, ma ai magistrati...

   – Cosa vuoi dire? – Chiese lei, con un filo di voce.

   – Che la modalità dell'uccisione, potrebbe... indurre... a seguire una... pista islamica. Qualcosa connesso con la proibizione della costruzione di una Moschea in città...

   – E Adelina... che c'entrava?

Renato fece spallucce per indicare che, praticamente, non c'entrava niente; ma completò il discorso:

– Era tra le più attive antagoniste nell'Opus...

– E quindi?...

– Imbastire una storia che vada in quella direzione, non è difficile: è sufficiente intorpidire le acque... il "venticello" della gente, farà il resto. – Canticchiò, sussurrando l'aria di Don Basilio: *"La calunnia, è un venticello..."*

Lei si staccò dal suo petto, infastidita per quel suo modo canzonatorio, chiese stizzita:

– Qual è il motivo del tuo "intorpidimento", dal momento che io sono quasi esclusa...

– Non sei ancora del tutto "esclusa".

– Cosa intendi?

– Niente; ma è meglio che comincino a seguire questa pista. Non arriveranno a nessuna conclusione e il resto passerà nel dimenticatoio della Giustizia Italiana: tecnicamente è una *deviazione delle indagini* che, naturalmente, non insegnano in nessuna scuola di polizia del mondo, tantomeno in quella nazionale; un apprendimento che facciamo sul campo. Ora, vado a terminare di cucinare la mia *quiche* al formaggio e carciofi.

Si tranquillizzò un poco; si sentiva in parte consolata dalla sua possibile esclusione investigativa, ma, soprattutto, che Valeria stesse bene e che le avesse mandato quel messaggio. Quanto a Renato, non poteva che avere fiducia: sembrava sicuro di quello che diceva.

Restò a guardare, distesa sul divano, lo chef alle prese con una specie di *Quiche Lorrain* farcita di carciofi, ricotta e pancetta: una frittata al forno.

Richiamò Segrè, non senza il timore che potesse essere sbrigativo come la volta precedente. Diversamente, lo trovò cordiale e disponibile a riceverla nel pomeriggio alle 18:00.

Le luci bianche dei lampioni illuminavano solo la parte bassa del fabbricato della clinica, la parte superiore restava parzialmente al buio, con una sola finestra appena rischiarata da una tenue luce interna, come di un *abat-jour*.

Fu accolta da un'infermiera che la pregò di attendere: *il professore era di sopra, in visita*.

Il corridoio era deserto, silenzioso, interrotto soltanto da un breve e monotono lamento infantile, una nenia cadenzata: *ooh-ooh-ooh, oh!-ooh-ooh-ooh, oh!* Che smetteva al grido di una qualche infermiera, per riprendere subito dopo. Pensò che non sarebbe stata in grado di fare quel lavoro. Cercò di distrarsi aprendo il telefonino: c'era un messaggio del gestore che la invitavano ad accedere a un servizio d'informazioni. Questa volta non la fregavano. Provvide subito a chiudere senza cliccare sul *link:* quella stupidaggine le era costata ottanta Euro, in precedenza.

– Carissima signorina Flora! – La accolse Segrè già dal fondo del corridoio.

– Buonasera, professore. – Rispose a bassa voce

– Venga pure, accomodiamoci nel mio studio.

Aprì la stanza con le chiavi e attese che lo raggiungesse.

– Come sta Samuele? – Chiese, ancor prima di sedersi.

– Vengo proprio dalla sua stanza, l'abbiamo trasferito sopra, in una camera singola.

– Posso vederlo?

– Oggi… sarebbe meglio… di… no.

Non pareva preoccupato. Quel consiglio le sembrò una benevola prudenza per qualcosa che stava procedendo bene e che era meglio non importunare.

Si sedette, intrecciò le dita e la guardò sorridente, con il capo piegato da un lato. Un sorriso benevolo di chi stava per annunciare qualcosa di positivo:

– Samuele ha ripreso a parlare. – Disse d'un fiato.

Si commosse, abbozzò un sorriso:

– Oddio, che bello!

Il viso del medico si fece serio, poggiò gli avambracci sulla scrivania:

– Sì, è una bella notizia, solo che…

Si alzò, mise le mani dietro la schiena e si avvicinò al mobile con sopra la litografia di Chagall. Tenne il volto rivolto al muro e cominciò a dondolare il corpo avanti e indietro, pronunciando una frase: …*Io darò a tutti un labbro puro,* seguito… da qualcosa d'incomprensibile, forse in ebraico. Poi, si voltò verso di lei per spiegare:

– È un versetto della Bibbia. Vuol dire che un giorno parleremo tutti la stessa lingua: leggeremo la stessa lingua, quella del Signore.

Il preambolo cominciava a puzzarle di sagrestia, ironizzò:

– Riassumeremo tutto in un solo libro… anziché averne tre: Bibbia, Vangelo e Corano, vuol dire?

Il medico sorrise, cogliendo il suo spirito. Rispose:

– Purché a commentarlo non sia un rabbino.

Sorrise anche lei, apprezzando l'autoironia. Gli ricordò quello che diceva il padre di Samuele a proposito di due rabbini alle prese con un versetto del Talmud.

– Ah, il padre di Samuele! Il buon vecchio Gionata. Lui seppe conciliare le due confessioni, festeggiando i due giorni: Il Sabato e la Domenica...

– L'ha conosciuto?

– Sì, mia madre si serviva da lui per i merletti e le varie cose di merceria; mi piaceva accompagnarla, non c'è niente di più divertente che vedere due Ebrei contrattare sul prezzo.

Il viso del medico assunse l'aria beata di chi ricordava la sua infanzia: gli occhi si spalancarono, cancellando le piccole rughe intorno; le labbra si allungarono in un sorriso che coinvolgeva la sua stessa barba bianca. Per rabbuiarsi subito e accartocciare il viso e il corpo come aveva fatto al loro primo incontro.

Raccontò lentamente:

– Il padre si convertì subito dopo la conversione del rabbino Zolli, e lasciò il ghetto. Lui, sin dai primi anni, come le ho già detto, preferiva venire da noi, vivere con noi. Purtroppo... la mia gente, non faceva altro che ricordargli l'infamia del padre, che si era lasciato convincere da un Gesuita; e... quando sei piccolo, certe accuse scavano più di quanto si possa immaginare: creando, spesso, sentimenti d'inferiorità che sono il seme della paranoia.

Il discorso stava prendendo una piega che cominciò a intimorirla, più per il tono del medico che per le stesse parole. Si sentì inquieta: il respiro si accorciò e le labbra si cominciarono ad asciugare. Era ansiosa di aspettare il resto.

Segrè si alzò e cominciò a passeggiare per la stanza, tenendo le braccia dietro la schiena.

– Alla maturità, cominciò a parlarmi del suo scetticismo verso le due religioni, diventando né pesce, né carne: un ateo; ponendosi in una condizione esistenziale, quella del dubbio, che può aver peggiorato il suo stato d'inferiorità...

Comprendeva perfettamente quello che il medico stava dicendo. Il discorso la coinvolgeva molto, si sentì straniata, come se il suo corpo non le appartenesse, impallidì. Se ne accorse Segrè, che le chiese:

– Sta male signorina Flora?

Stava per minimizzare il suo malessere, ma aveva di fronte uno psichiatra; confessò, con una voce infantile:

– Sì. Mi capita ogni tanto. Una specie di divisione interiore, come se il mio corpo non mi appartenesse…

Segrè si sedette di fronte a lei prendendole le mani:

– Sei qui, piccola mia. Non ti sta succedendo niente di strano: solo un po' di suggestione.

Restò ferma. Sentì le sue mani calde, morbide, infonderle un senso di tranquillità.

– Non hai niente da temere.

Lei annuì con la testa, sorridendo. Chiese:

– Potrei avere un po' d'acqua?

Bevve lentamente. Il liquido fresco le tolse subito l'arsura nella bocca. Si scusò.

– Non c'è nulla da scusarsi.

– Grazie, professore; può continuare se vuole.

– Non per oggi. Non è nelle condizioni di ascoltarmi. Devo, però, chiederle un favore…

– …

Fece una lunga pausa durante la quale, le sembrò, cercasse le parole nell'aria.

– …

– Deve promettermi che non dirà a nessuno che Samuele ha ripreso a parlare, a nessuno.

Le sembrò una supplica, più che una richiesta di mantenere una certa discrezione sulla novità. Decise di aderire, senza esitazioni. Aveva fiducia in quell'uomo. Per rafforzare la sua promessa, sentì di dirgli con sincerità:

– Voglio bene a Samuele, come a un padre.

– Brava, brava. Che Dio ti benedica.

Le tenne la mano sulla spalla sino alla porta. Poi, la salutò formalmente:

– Venga quando vuole dottoressa Ranieri.

A metà del viale si ricordò della finestra. Si voltò a guardarla, era buia. Sorrise, pensandolo che dormisse.

Guidò tenendo il finestrino aperto. Il vento di scirocco era calato, lasciando un'aria tiepida e ferma; sentiva il bisogno che le arrivasse po' di vento sul volto, che sentiva appiccicoso.

Pensava a quello che le era accaduto durante il discorso del medico. Quel, *né carne né pesce* (un modo di dire comune) in quel contesto aveva assunto un significato che le era appartenuto. Una crisi identitaria che l'aveva già angosciata nell'adolescenza e che si manifestava con un rigurgito sgradevole su per la gola e in bocca, come quando si ha paura e non si sa bene di cosa. L'unico desiderio, in quel momento, era quello di non voler esistere, di rimpicciolirsi in un angolo e dissolversi.

Era così che aveva tentato di descriverlo a Sergio, una sera; era rimasto indifferente, come se lei avesse enfatizzato un malessere finto, fatto una descrizione letteraria; mentre, poco prima, quell'uomo le aveva preso le mani e l'aveva tirata fuori, prima che annegasse in quella melma nera dell'inimmaginabile nulla.

Ora stava davvero bene. Sarebbe voluta rimanere in macchina, girare per tutte le strade della città e sorridere ai passanti; costeggiare il mare, fermarsi a quella darsena e attendere un nuovo giorno che ritornassero i piccoli naviganti.

Le erano rimasti in mente i bambini. Se ne ricordò di altri, che non erano mai ritornati. Prese l'ultima fetta di *quiche* dal frigo, si allungò sul divano, prese il notebook e aprì il file: cliccò sull'icona con il simbolo del binocolo "trova", scrisse il nome: Ermanno.

… Ermanno Tedeschi, lo zio Ermanno; ma non era mio zio. Indossava sempre il cappotto, anche a Maggio, e teneva il cappello in testa perché aveva sempre freddo. La teoria di mio zio Saul era che lui sentiva freddo perché si muoveva poco, non faceva sfregare le particelle del suo corpo che, come aveva letto, avevano bisogno di sfregarsi una con l'altra per generare calore. Lo zio Ermanno gli dava ragione, ma restava immobile, annuendo con la testa, badando di non scuoterla più di tanto per non far cadere la cenere dalla sigaretta che teneva tra le dita. Non aveva bisogno di muoversi, pover'uomo. Non ce n'era ragione. Da quando era tornato da solo, da quel suo viaggio in Polonia, dov'erano rimasti moglie e tre figli, era lì che li aspettava, immobile.

Che non era bene lasciare un padre da solo, mi diceva mia madre: *i figli non devono mai andare via prima dei padri...*

Distolse lo sguardo dal monitor, cercò qualcosa da guardare altrove, per evitare di leggere il resto. Decise di cambiare pagina cercando una nuova parola: Vincastro.

Se dovessi camminare
Per la valle dell'oscura morte
Non temerei alcun male
Perché tu sei con me
Il tuo bastone e il tuo vincastro
Mi danno sicurezza

Era il salmo 23 di Davide che mio zio, spesso, recitava ai presenti, quando li vedeva afflitti o scoraggiati. Aveva un versetto per ogni occasione; ma quello, era il preferito. Al termine della declamazione, spiegava ogni volta cosa fosse il "vincastro": un lungo ramo di salice con un ricciolo all'estremità, un bastone tipico dei pastori per cacciare le malebestie dai loro greggi. E terminava amareggiato: *ora è il simbolo dei Cristiani, per i loro vescovi e abati.*

Il salmo proponeva una situazione tranquilla, di pace e serenità dello spirito, in un luogo idilliaco: qual era il pascolo del gregge.

Era il vincastro, il problema: uno scettro usurpato.

Quello che l'era sembrata una semplice narrazione colorita, prese una sostanza più reale: lo zio Ermanno e il vincastro, due consistenze vere che ora si legavano al discorso di Segrè, non meno che col suo vissuto. Sentì il rimorso di avere abbandonato il padre, lasciato da solo nelle mani di un usurpatore; di non avere insistito abbastanza per stargli accanto e restituirgli un sorriso. Pensò a Samuele, al cui padre, avevano tolto la dignità.

Era emozionata per quel racconto doloroso dello zio Ermanno, ed era incavolata con se stessa: per la sua codardia a non aver saputo affrontare la malattia del padre e non averlo seguito.

Non avrebbe lasciato solo Samuele.

Fuori dall'Aula Magna erano raggruppati una quindicina di laureandi e un centinaio di parenti vestiti a festa.

Il gruppo della commissione di esami era riunito dal preside, in attesa di recarsi nell'aula magna. Stavano parlando tra loro della svolta delle indagini, circa la presunta pista islamica.

Qualcuno asseriva che fosse plausibile: – *quelli non si facevano tanti scrupoli.* Il preside, al contrario, sosteneva che fosse una falsa ma suggestiva ipotesi, suggerita dai recenti accadimenti internazionali che vedevano i fanatici dell'Islam sgozzare degli inermi e innocenti Cristiani. Non era dello stesso avviso qualcun altro, che ravvisava l'elemento passionale, trattandosi di una donna. Tesi che faceva sorridere un altro, incapace di vedere Adelina alle prese con una passione amorosa. E l'altro insisteva sul fatto che l'intera letteratura era piena di *femmes fatales* con comportamenti verginali.

Zittì tutti Grimaldi, che pretese più rispetto per la memoria della sua cara amica, e non ciarlare con una miserabile speculazione da cortile: – *si aspettava un comportamento più consono da un collegio di docenti, in grado di fare ben altre analisi, di più alto spessore. –*

Quella rampogna ai docenti le parve astiosa più del solito. Che non li tenesse in grande considerazione, le era noto, con le sue esternazioni, in privato, circa il loro comportamento meschino, da *travet,* sempre pronti a elemosinare una qualche retta per una qualsiasi missione. Né li apprezzava professionalmente, giudicandoli dei miracolati dal sapere mnemonico: – *non avrebbero avuto al-*

cuna possibilità d'inserimento nel mondo del lavoro vero.

Le sembrò davvero strano che si fosse esposto così apertamente. Dimenticando di aver rivestito anche lui quel ruolo e che li "lisciasse" spudoratamente, a fine triennio, per la rielezione.

Aveva comandato di recarsi in aula.

Li seguì restando in coda al gruppo: un piccolo corteo che si fece strada tra gli ammutoliti parenti e laureandi.

Prese posto al tavolo, poco distante dalla cattedra, sul quale erano già disposte le tesi e altre carte.

Nel silenzio generale, il preside aprì la seduta con un informale discorso in memoria della dottoressa Ambrosetti:

– È la prima seduta di Laurea, dopo sua tragica scomparsa. Era una nostra collega e amica che la ricordiamo per il suo lodevole impegno civile e morale. Una donna la cui fede e passione Cristiana, nella quale s'identificava pienamente, erano un motivo d'impegno giornaliero, costante. Nessuna speculazione di altro genere può inficiare la sua memoria. La vogliamo ricordare così com'era ogni giorno, sempre disponibile verso il prossimo. Pronta ad assistere chiunque ne avesse bisogno. Mai una sola parola di offesa contro qualcuno né, tantomeno, atteggiamenti ostili nei confronti di chi Cristiano non era. La possibilità che si sia trattato di un delitto di fanatismo religioso, è verosimile. Rimane, forse, l'unico motivo per il quale ha pagato con la vita: pace all'anima sua. Vi chiedo un minuto di raccoglimento e preghiera.

Si alzarono tutti.

Incrociò lo sguardo attonito del docente che aveva azzardato l'ipotesi della pista islamica. La contraddizione di Grimaldi aveva lasciato perplessa anche lei: in privato aveva escluso l'assassinio islamico; in pubblico, ammetteva questa ipotesi. Che si trattasse solo di un panegirico di circostanza?

Dopo il rito delle lauree, si trasferirono tutti nell'atrio.

Si accostò al docente perplesso, che stava scegliendo qualcosa al buffet offerto da qualcuno, gli chiese:

– L'ho vista dubbioso.

Quello, terminò di masticare un pasticcino, appena messo in bocca, rispose:

– Era anche lei presente. Non so cosa dirle, mi ha sbalordito,in presidenza aveva asserito il contrario…

Non aveva altro da aggiungere, continuò riempire il suo piatto.

Lei prese solo qualcosa, non aveva molta fame.

I vialetti del piccolo giardino erano un *parterre* di gente cerimoniosa ed elegante. I neo laureati si lasciavano fotografare in gruppo sotto il porticato, con il capo cinto di falso alloro e le spalle coperte da neri mantelli: un'usanza anglosassone di recente acquisizione.

Non era il chiostro Francescano. Ora sembrava, piuttosto, un vero campus inglese.

Si defilò dal festoso gruppo. Rientrò per sistemare le carte.

La seguì il preside. Aveva l'aria seccata, si sfogò:

– Un festino da prima comunione. Roba da non credere, ci mancava il complessino musicale; prima o poi ci arriveranno, vedrà.

Si ricompose per sedersi e chiederle con un tono dimesso:

– Forse non era il caso che pronunciassi quel discorso sulla povera Adelina: cosa ne pensa?

– No: penso che abbia fatto bene.

Rispose, poco convinta: avrebbe potuto evitare, in quella circostanza, una commemorazione funebre. Del tutto fuori luogo. Aveva osservato il volto dei parenti, non sembravano avessero gradito. La cosa strana che, se pure propenso all'enfasi, Grimaldi lo avesse fatto a distanza di qualche mese, non in precedenti adunate. Aveva affrontato la cosa con molta più mestizia, con una sincera partecipazione senza mai cedere alla retorica di maniera. Lo volle consolare:

– Lei era troppo amico: l'ha fatto per questo.

– Già. – Rispose con un'aria contrita.

Renato sarebbe mancato per alcuni giorni, per un corso di aggiornamento a Roma. Non potergli telefonare, le scocciava molto. Non che fosse una patita delle conversazioni telefoniche che, invece, non le gradiva; ma, ora, le costava non poter parlare con qualcuno. Pensò di chiamare Segrè per chiedergli se avesse potuto conversare con Samuele. Esitò un attimo prima di attivare la chiamata. Lo fece, pentendosi, poi, di averlo fatto: non aveva ancora formulato la richiesta che quello aveva chiuso senza darle una spiegazione; si sentì scema: aveva dimenticato che potesse essere intercettata e che non avrebbe dovuto chiedere di "parlare" con Samuele; era giusto che avesse chiuso. Si sentì stanca, come se avesse scalato la montagna dell'umiliazione.

Entrò nel supermercato spingendo svogliatamente il carrello. Si soffermò davanti al banco dei formaggi scegliendo con indolenza qualcosa. Si accostò una promotrice di prodotti caseari che le propose di assaggiare un *primo-sale* di produzione locale. Guardò con disgusto il pezzo di formaggio sulla punta della forchetta, alzò lo sguardo per ringraziare la ragazza: incrociò due splendidi e grandissimi occhi azzurri su un volto roseo e trasparente. Restò con la mano sospesa che stava già sventolando per il diniego, la fermò e raccolse quel pezzettino bianco molliccio senza distogliere lo sguardo da quel viso che continuava a sorridere come una venere normanna.

– Buono! – Sorrise anche lei. – ... E lei è molto bella...

– Grazie, signora. Anche lei è molto bella.

– Co... come ti chiami? – Balbettò.

– Annalisa.

Se le avesse risposto "Suzon", le avrebbe creduto.

– Ne vuole un altro pezzo?

– Sì, volentieri.

La osservò mentre affettava con delicatezza il formaggio: avrebbe gradito ricevere l'assaggio direttamente da quelle mani, anziché dalla forchetta. Riuscì in qualche modo nell'intenzione, tenendole il polso mentre le porgeva il pezzo:

– Buonissimo, e... bellissime mani. – Le sussurrò.

La ragazza arrossì e tirò via la forchetta, voltandosi a cercare un nuovo assaggiatore.

Arrossì anche lei, mormorò:

– Scusa... non volevo...

Si guardò intorno, si affrettò a spingere l'enorme carrello. Si fermò presso lo scaffale dei liquori, prese una bottiglia di whisky, svitò il tappo per dare una secca sorsata. Un'anziana signora la osservò restando immobile con la mano inguantata che stringeva un carciofo; poco distante, un signore attempato abbassò i suoi occhialini sulla punta del naso, per guardarla col volto incredulo. Lo fissò anche lei, riaprì il tappo per dare un altro prepotente sorso. Si diresse veloce verso la cassa, cercò nei vari scomparti del borsellino la carta di credito che non trovò. Decise di pagare contanti con una banconota da cento. Mentre attendeva il resto, guardò indietro: quei due erano ancora fermi a guardarla, e la ragazza teneva lo sguardo basso, rivolto per terra.

Si affrettò a raggiungere l'uscita: l'aria fresca fu un momentaneo ristoro, molto breve. I due sorsi di whisky le avevano avvampato il volto e spezzato completamente le gambe. Barcollò, si accostò a un palo segnaletico per reggersi. Un ragazzo le chiese se non si sentisse bene, lei lo guardò brutto, interrompendo in tempo la frase: "non sono c…". Si staccò da palo e proseguì malferma verso casa.

Tirò fuori la bottiglia e scaraventò lo shopper sul divano, sul quale si stravaccò anche lei, distrutta.

Una canzone Cilena le ronzava in testa già dall'uscita del supermercato: *Ojos azules.*

Tirò un'abbondante sorsata, non avvitando il tappo, cominciò a bisbigliare la canzone: *Ojos azules no llores, no llores...* non voleva piangere. Continuò a bere, le palpebre si chiudevano da sole, la canzone andava per conto suo, *Ojoz azules...* delle immagini le apparivano sfocate e miste come in un caleidoscopio: la Suzon bianca della latteria le dava dell'altro formaggio, la bimba del dinghy le correva incontro per abbracciarla, Samuele mangiava un biscotto, *Ojos azules...* la madre la teneva sulle ginocchia, *Ojos azules...* il padre la carezzava, piangendo…Vittorio le regalava una *Barbie* biondissima con gli occhi azzurri:

– *Ojos azules no llores, no llores...*

– Cosa le fa credere che non si tratti di un delitto per mano islamica.

– Hanno ben altro da colpire quelli, che una modesta impiegata…

– Colpire uno per educarne cento.

– Ahh! Una frasaccia ad effetto.

– E allora chi e cos'altro, secondo lei, preside?

– Lo sa solo il buon Dio.

Quel rimando all'alto dei cieli era diventato la conclusione di rito a ogni tentativo, dei vari docenti, di capire quale fosse la sua visione dei fatti, dopo il suo scetticismo sull'ipotesi islamica.

Stava ascoltando la conversazione con Losacco, mentre firmavano i verbali di convalida delle lauree: non riusciva a iniziare la lettera che avrebbe dovuto indirizzare al Rettore di Urbino per invitarlo a partecipare alla cerimonia di commemorazione di Aldo Moro. Sentiva un forte ronzio nelle orecchie e una pesantezza nella testa, come se non le appartenesse. Si alzò per andare in bagno, si sarebbe sciacquata la faccia.

Si diresse verso la scala, ma non ce l'avrebbe fatta a salire, si fermò un attimo a riflettere, incrociò lo sguardo serio della bidella, si girò e decise di riprendere ad andare in quello del corridoio.

Evitò di guardare verso i bagni chiusi, si diresse al lavabo, fece scorrere l'acqua fredda e si sciacquò più volte il viso. Alzò la testa per guardarsi allo specchio: si vide livida e con delle occhiaie profonde, nere; prese un tovagliolo di carta per metterlo sulla faccia, restò ferma in attesa che il calore delle mani potesse far riprendere il colore alle guance.

Sentì aprire la porta, ebbe un sussulto. Tolse il tovagliolo dal viso e vide, riflessa nello specchio, una figura femminile che reggeva una borsa di pelle appoggiata su un fianco. Restò dov'era, guardando intorno.

– Buongiorno. – Salutò, scandendo le parole.

– Buongiorno. – Rispose lei, chiudendo il rubinetto.

– È questo il bagno?...

Lei si voltò per guardarla meglio. Non l'aveva mai vista. Non le sembrava fosse un'impiegata dell'Ateneo.

– Sì, è il bagno delle signore. – Rispose, ignorando l'allusione della donna.

– Intendevo… quello dell'Adelina…

– Dove è stata uccisa, intende?

– Sì.

– È questo.

Ora le avrebbe chiesto se era lei quella che aveva visto per prima il cadavere, la anticipò:

– Io, sono la signorina Flora, quella della foto. – E stamattina poteva ben dirlo; aveva lo stesso viso disfatto, o quasi.

– Molto lieta, mi chiamo Anna.

Attese che le dicesse il suo titolo e il ruolo, non lo disse. Tentò di saperlo:

– Non è un'impiegata dell'Università, immagino?

– No, non lo sono.

– E allora? – La interrogò decisa.

– Sono un'amica della povera Adelina.

Questo, concludeva ogni possibile indagine su chi fosse e per quale motivo fosse lì: un'amica, semplicemente un'amica in visita nel luogo della dipartita. Cambiò tono:

– Eravate molto amiche?

– Direi, sorelle.

Come aveva intuito: niente trucco, abito castigatissimo e un'aria da *capa di pezza,* come chiamava le monache sua nonna.

– Sorelle..? – Ripeté lei con un mezzo sorriso.

– Di cosa stavate parlando? – Chiese la donna, con un tono di voce incrinato.

– Mi spiace, non posso riferirle più di quanto avrà potuto leggere sulla stampa… – volle troncare la conversazione.

Raccolse i tovaglioli bagnati e li gettò nella pattumiera con un gesto di nervosismo.

– Buongiorno, signora… Anna.

Uscì con decisione. Si sentiva più sicura sulle gambe.

– Quel cesso è diventato un luogo di pellegrinaggio! Riferì a voce alta, rivolgendosi a Grimaldi che era ancora seduto con Losacco.

La guardarono stupiti, il preside chiese:

– Che cosa intende?

– Ho incontrato un'amica di Adelina. Non era lì per usarlo, ma per visitarlo…

– Non possiamo impedirlo, l'Università è un luogo pubblico… – rispose Grimaldi, allargando le braccia.

Sentiva di avere esagerato nel tono. Sarebbe stato meglio tacere, o riferire la cosa con ipocrita partecipazione a quel gesto misericordioso. Si sedette e provò a iniziare la lettera d'invito:

Al Magnifico Rettore dell'Università di Urbino…

Si fermò, chiuse la pagina di scrittura per aprire *Google maps,* scrisse l'indicazione della partenza: Cattolica, quella di arrivo: Urbino. Quarantanove minuti. Calcolò a spanne la prima tappa, Gradara: dieci minuti. Trascinò l'omino giallo di *Street view* all'inizio del percorso, ma la lentezza del caricamento delle immagini la dissuase; lasciò l'omino parcheggiato in una piazzola di sosta di un supermercato, per rincorrere con la memoria la grossa *Volkswagen* nera di Francesco: guidava piano, lì davanti, con l'intenzione di non disperderle, lei e Marcella, che avevano indossato frettolosamente il solo pareo per montare sulla Mini rossa e mettersi al suo inseguimento. Non impiegarono solo dieci minuti, come indicava il percorso di Google ma, forse, venti, per catapultarsi dal ventunesimo al tredicesimo secolo di quel castello arroccato in cima alla collina. Il castello dell'amore travagliato, com'era quello di Marcella per Francesco e il suo, impossibile, per Marcella.

Si era lasciata convincere, dopo qualche resistenza, a seguirla in quella vacanza a Cattolica, dove villeggiava Francesco con la moglie e la bimba di quattro anni. Le aveva detto tutto, sin dall'inizio. La supplicò: *le avrebbe pagato il soggiorno.* Non fu questo motivo a convincerla, ma l'idea di poterle stare vicino in quella *doppia* della pensione *Trocadero,* poterla guardare mentre dormiva nuda nel letto accanto. Un corpo di una perfezione invidiabile, che nessuna dieta o sfibranti *Zumba* avrebbe potuto scolpire meglio: nessuna parte era esagerata, ma semplicemente perfetta, nella proporzione e nella compattezza, quasi marmorea. E… il volto… mai visto niente di più incantevole: un'espressione spagnolesca, uno sguardo intenso, fiero; le sopracciglia nere, folte e ben marcate, su delle pupille altrettanto nere e profonde; gli zigomi alti, una bocca carnosa con delle marcate fossette laterali che si stagliavano non appena accennava un sorriso.

L'aveva conosciuta a un *party* di un docente di lingue. Si vociferava, già allora, che fosse il suo amante: il motivo della scelta della località Romagnola.

Non era stata una vacanza rilassante, costretta, come fu, ad accompagnare l'amica nei continui appostamenti per spiare i movimenti dell'uomo ovunque si recasse. Un continuo spostarsi che, per fortuna, non lasciava tempo ai numerosi *cascamorti* Marchigiani di rimorchiarle. Ne valse la pena: contemplarla con gli occhi, fu più appagante della vista di quel mare piatto e incolore.

Riuscì a starle vicino per dieci minuti, a giocare sotto la doccia, con un tormentato desiderio di baciarla. Solo baciare quelle favolose labbra…

Magnifico Rettore…

… non erano da meno quelle della dolce lattaia: poco carnose, ma con un disegno leggero, roseo, infantile. Non era stata intenzionata a possederla, né di baciarla: non erano labbra da baciare, ma solo da sfiorare con le dita, lisciarne delicatamente il contorno e sussurrarle quanto odorosa e bianca come una gardenia fosse la sua pelle…

con la presente…

… l'avrebbe attesa fuori, dopo la chiusura del market; le avrebbe detto quale fosse stata la sua intenzione: toccarla, semplicemente carezzare quelle sue deliziose e bianchissime mani come il latticino che affettava, fare una breve nuotata nel suo sguardo azzurro solo per distrarsi un attimo, nient'altro; lei aveva già una compagna che non avrebbe mai tradito…

– Stronza! – Quasi urlò, tra sé.

Il preside e Losacco si voltarono a guardarla.

Chiese al preside se poteva uscire prima: avrebbe terminato nel pomeriggio, la lettera.

Si affrettò con una falcata lunga, decisa, nessuna esitazione: se si fosse fermata solo un attimo, avrebbe riflettuto e rinunciato a procedere. Attraversò la piazza, scansando una zingarella dal volto tragico e un tossico sorridente che le chiedevano qualche monetina. Imboccò la via nel senso contrario di come l'aveva percorsa quel giorno. Si fermò davanti al portone, lesse i nomi sulle etichette della pulsantiera; uno era senza (aveva avuto il pudore di non lasciare quello di famiglia) pigiò quello, per esclusione. Una voce femminile, incerta, chiese chi fosse, rispose solo: "Flora". Sentì il rumoroso scatto della serratura, spinse l'anta e si addentrò nell'androne. C'era un forte odore di pitturazione fresca, lo spazio le sembrò più ampio, per il biancore delle pareti. Cominciò a salire reggendosi alla ringhiera che trovò più stabile, meno traballante di come la ricordava. La porta era semiaperta, sull'uscio la attendeva una giovane etiope magrissima con degli enormi occhi tristi; attaccato alla sua gonna, c'era bimbo di tre anni circa, era intimidito, anche i suoi occhi erano enormi e la guardavano impauriti. "Sono la figlia"… si presentò, indicando con l'indice qualcuno che stava all'interno. La donna si fece da parte e lasciò che proseguisse da sola.

C'era poca luce e un forte odore di chiuso. Si diresse verso la stanza da letto; qui, l'odore, era quello ancora più irrancidito della madre, misto a quello di un qualche medicinale; ce n'erano tanti, sparsi sul comodino. La madre teneva il capo piegato sul petto, sembrava dormisse. Era diventata enorme. Almeno dieci chili in più da quando l'aveva lasciata. Indossava una logora vestaglia di seta rosa, la solita, aperta sul petto che appariva bianchissimo e sudato. Sollevò il capo, la vide. Restò sorpresa, contrasse il viso come se volesse piangere; contagiando anche lei che ebbe un tremore alle labbra e un istintivo bisogno di abbracciarla; ma restò sospesa, bloccandosi sul bracciolo perché si accorse che voleva parlarle.

– Quello stronzo… non viene più a trovarmi… se ne sta sempre di là con quella scopa vecchia della moglie… ma lo sento quando viene qua… va dritto in cucina a farsi fare le cose sporche da Fathma… quel vecchio bavoso… non entra nemmeno a salutare… io faccio fatica ad alzarmi…

Si raddrizzò, irrigidendosi tutta. Voltò le spalle alla madre che continuava a lamentarsi del suo amante, s'incamminò svelta verso la cucina.

La donna era seduta al tavolo, gli occhi sbarrati, terrorizzati; ma più spaventato era il bambino che si schiacciò con le spalle sul corpo della madre come per difenderla; lei si fermò di colpo, comprese di averli involontariamente impauriti con la sua furiosa falcata, scosse la testa con gli occhi lucidi, mormorò qualcosa per scusarsi, aprì frettolosamente la borsetta per estrarre l'unica banconota che piegò e posò sul tavolo dicendo alla donna di comprare un giocattolo al bambino. La donna socchiuse le labbra, mostrando una fila perfetta di denti bianchi. Mormorò un 'grazie' e baciò sulla nuca il bimbo per tranquillizzarlo, rise anche lui.

Si avviò nervosamente verso la porta, aprì il battente che rinchiuse con violenza. Raggiunse le scale che cominciò a scendere piombando su una gamba e sull'altra, come un'inerziale discesa di un corpo gravato dal peso di una stupida illusione.

Giunse al portone, fece scattare la serratura, sostò un attimo a guardare l'interno, facendo una panoramica lunga di un luogo rimesso a nuovo che non le apparteneva più. Spalancò l'anta, lasciando che si chiudesse da sola alle sue spalle.

Riattraversò la piazza con la stessa mollezza, dette la metà delle monetine rimaste nella borsa al drogato; l'altra metà alla sorridente zingarella che la attendeva ferma, poco distante.

Notò un foglietto bianco infilato sotto il tergicristallo della *Smart*. Pensò si trattasse di una réclame, ma non appariva nessun colore, era completamente bianco. Si avvicinò all'auto, prese il foglietto, l'aprì. Era la sua grafia: "*Ciao, voltati un attimo*". Si voltò di scatto, la vide venire fuori dalla tabaccheria poco distante, come se stesse giocando a nascondino. Restarono ferme entrambe a guardarsi fisse in viso, lei incredula, Valeria sorridente.

Tentò di andarle incontro. Valeria scosse il capo con un impercettibile segno di diniego, mentre con la mano, tenuta bassa, fece un cenno di un "ciao", scuotendo le dita.

Restò ferma a guardarla mentre si allontanava con quel suo procedere flessuoso, morbido, come quando l'aveva incontrata.

Seduta sul divano, con le braccia strette al corpo, continuava a sorriderle. La notizia di Renato l'aveva rallegrata, ma non era stata la stessa cosa. Poco prima l'aveva vista, di persona: non era stato come l'aveva immaginata raccontata dall'amico. Aveva realizzato, in tre soli nanosecondi, che lei c'era ancora: c'era il suo viso sorridente, il suo tenero corpicino, la sua voglia...

In quel breve incontro si erano abbracciate, strette per un tempo lunghissimo, baciate come non avevano mai fatto, e parlato:

Ti aspetto...
Anch'io...

Doveva parlare con Renato, dirgli che avrebbe dovuto trovare una soluzione, una qualsiasi soluzione perché lei potesse ritornare: l'aveva vista sofferente, non meno di quanto fosse lei, ma non riusciva a pensarla in quello stato; non poteva continuare così, si sarebbe consumata del tutto, o si sarebbe consumato il tempo e la voglia. Doveva fare qualcosa, l'avrebbe supplicato.

Restò col telefonino in mano.

Decise di uscire.

Fece il percorso verso l'Ateneo con la piacevole sensazione di non essere sola. Ogni tanto si voltava a guardarsi dietro, come se ad un passo ci fosse lei a seguirla. Sorrideva da sola, parlava da sola. Se ne rese conto perché, incrociando una signora, questa le chiese: "Prego"? "No, niente: parlavo con Valeria...". Le rispose, sorridendo.

Salutò Grimaldi che rispose con una specie di grugnito; era assorto nella lettura di qualcosa d'importante, non sollevò nemmeno la testa per guardarla. Avrebbe notato la sua trasformazione, rispetto alla mattina: il suo sguardo sembrava essere altrove, mentre il suo corpo era presente e prestante, risvegliato da una specie di malato letargo.

Ci mise poco a completare la lettera al Rettore di Urbino, la sottopose al preside che la firmò senza nemmeno leggerla, limitandosi a muovere soltanto le mani per prelevare la stilografica dal portapenne e scrivere il suo nome senza lo svolazzo.

Avrebbe potuto consegnare la busta a Teresa, perché la portasse all'ufficio posta. Preferì farlo lei, recandosi personalmente; aveva voglia di camminare: di andare.

Fu accolta dall'impiegato con un grande sorriso, si alzò e le andò incontro per salutarla: *la attendeva da tanto tempo, da secoli; che ormai di quell'ufficio non c'era quasi più bisogno, per via dei computer, che dopo di lui – gli mancava un anno alla pensione – forse lo avrebbero chiuso per sempre.* Affermò sicuro della sua previsione. Lo volle consolare dicendogli che sarebbe tornata a salutarlo, anche se non avesse avuto bisogno di inviare una raccomandata; l'uomo chinò il capo da un lato facendo una smorfia di scetticismo. Lo salutò con un: "Buonasera", anziché "arrivederci".

S'incamminò lungo il colonnato del portico, dette un'occhiata alla copia della ricevuta compilata a mano: una bella grafia, chiara e leggibile, si confaceva all'architettura del luogo e alla cultura d'insegnamento; quella calligrafia era già un reperto storico, da conservare ai posteri. Sorrise malinconica, ricordando il vecchio impiegato.

Trovò il preside ancora al suo posto, tamburellava con le dita il piano della scrivania: un suo modo di riflettere. Si fermò per chiederle di getto:

– Si è fatto rivedere con lei quel dottor...

– Boccuzzi? – Lo anticipò.

– Sì, quello...

– Sì, qualche volta a casa mia... per dei chiarimenti... perché me lo chiede?

– Il marito della povera Adelina, mi ha detto che qualche giorno fa l'ha visto presso la Residenza Universitaria che parlava con degli studenti.

– Mi pare normale.

– Invece, no! Cosa mai possono c'entrare quei ragazzi e quel luogo. – S'irritò.

– Non ne ho proprio idea. – Rispose lei, ipocritamente.

Grimaldi si alzò prese il suo *trench* dall'attaccapanni e la salutò dicendole:

– Penso che pioverà stasera…

– Sì, infatti: è nuvoloso. – Rispose, convinta anche lei che potesse piovere.

Lo seguì poco dopo, premurandosi di prendere l'ombrello che teneva in un cassetto della scrivania.

Già nell'androne, riuscì a udire il rumore prodotto dal rotolamento dei pneumatici sull'asfalto bagnato. Trovò piacevole quel suono liquido: non pioveva da molto e ne veniva giù parecchia. Quel piccolo ombrello non l'avrebbe riparata tanto. Decise di attendere che spiovesse un po', fermandosi sulla soglia d'ingresso dell'Ateneo. Sul marciapiede non pioveva molto, coperto dalla fitta alberatura di querce; poteva valutare l'intensità soltanto attraverso il fascio di luce delle macchine. Una di queste, una grossa *Mercedes* nera, si fermò nella piazzola di sosta per i disabili. Vide aprire lo sportello e uscire un uomo alto, riparato da un grande ombrello, che corse verso di lei. Era Segrè, che la invitò a salire per un passaggio. Niente di più inaspettato: avrebbe risolto il problema della pioggia e potuto chiedergli di Samuele, oltre al fatto che la sua cortesia mostrava che non fosse adirato con lei.

Lo ringraziò, sedendosi accanto.

Segrè precisò che la stava attendendo che scendesse, parcheggiato poco distante.

– Come mai? – Gli chiese.

– Ho bisogno di parlarle di persona, avevo urgenza.

Svoltò alla prima strada, dirigendosi verso il mare. La pioggia cadeva fitta. Nella luce dei lampioni del lungomare si rifrangeva uno scroscio d'acqua compatto, continuo, come secchiate scaraventate dall'alto.

Fermò la macchina posteggiando su un altro parcheggio con le strisce gialle, l'unico libero; scusandosi per l'infrazione, *ma che con quella pioggia non ci sarebbero stati vigili in giro.* Spense le luci e i tergicristalli. Lo spesso velo d'acqua sui vetri li isolò dall'esterno.

– Ne viene giù tanta…– disse Segrè, come preambolo del discorso che stava per farle.

– Era ora. – Rispose lei, restando in attesa che proseguisse.

– Devo prendere una decisione, e non ho molto tempo…

Si grattò la fronte, mise le mani sul volante come volesse ancorarsi a qualcosa.

– Non so bene a che punto siano le indagini; ma non è improbabile che nuovi elementi possano indurre il giudice di competenza aprire un fascicolo contro Samuele…

Lei lo guardò stupita, non senza provare un senso di smarrimento, chiese:

– Che… che c'entra Samuele?…

– Ho dei validi motivi per sospettare che possa essere stato lui…

– …

Tolse la mano dal volante, lasciò cadere le braccia sulle gambe.

Lei guardava il suo profilo, le sembrava il volto di un estraneo piombato lì a raccontarle una storia assurda. Un uomo diverso; non era lo stesso che le aveva tenuto le mani tra le sue…

– … nel sonno, l'hanno sentito gridare il nome di Mordecai, il cugino macellaio. Per l'infermiera è stata una parola stramba, quella di un matto; non per me. Quanto a lei, signorina Flora, quel grido "becchina", che udì quel giorno, si trattava di "beghina" che era un modo tipico che usavamo da ragazzi per indicare le bigotte…

Si abbandonò sul sedile, guardando i rivoli d'acqua che si rincorrevano sul parabrezza. Quel nome del cugino lo ricordava anche lei, e anche "stronza beghina", l'aveva sentita da Samuele.

– Non sarebbe difficile provare la sua incapacità di intendere e di volere. – Proseguì Segrè. – Il punto non è questo; ma se proseguire la terapia o interromperla: la guarigione potrebbe riportarlo a una decente vita normale, farlo vivere per il resto dei suoi anni in relativa tranquillità; Samuele ha certamente rimosso quell'atto, compiuto in uno stato di delirio, un'azione penale nei suoi confronti comporterebbe un inevitabile stress psichico che lo riporterebbe a uno stato irreversibile d'insania mentale. La povera signora Adelina non la riporteremmo in vita, comunque. Quanto alla giustizia, sarebbe soltanto uno sterile e costoso adempimento burocratico…

Smise di parlare, respirò profondamente voltandosi verso di lei, per parlarle in modo più diretto:

– Ho notizie circa la sua frequentazione con il dottor Boccuzzi, non mi chieda la fonte; m'interessa sapere a che punto è la faccenda; non solo come professionista, ma come un suo amico: non lo riporterei a uno stato di relativa normalità per ricacciarlo, poi, nell'inestricabile labirinto dei pensieri di un folle. Non se lo merita. Non ce lo meritiamo, abbiamo già dato troppo alla millenaria "saggezza" dei Cristiani.

Era tornato a essere lui; quel discorso le sembrò umanamente comprensibile, le erano chiarissimi i suoi intenti: non chiedeva molto, soltanto sapere un dettaglio che Renato conosceva senz'altro.

Assentì con un movimento lento e prolungato della testa.

Il medico mostrò un certo imbarazzo, allargando le mani nel gesto di chi non poteva fare altro che rimettersi alla volontà di Dio.

Restò a guardare il gioco dei rivoli d'acqua sul parabrezza: scivolavano lenti, per convergere in un unico copioso rigagnolo centrale come affluenti di un grande fiume. Un secco movimento dei tergicristalli deterse rapidamente il gioco dei ruscelletti per mostrare la lucida realtà di una città bagnata e deserta.

Chiese a Segrè di lasciarla tornare e piedi, il medico annuì senza obiezioni.

S'incamminò tenendo la testa sollevata per raccogliere meglio la frescura umida sospesa nell'aria. Riusciva a udire soltanto la risacca lenta del mare e lo stridore delle ruote delle auto sul bagnato; le poche che passavano.

– Ti ha mollato tesoro?...

Abbassò la testa e si rese conto che a rivolgerle la domanda, con una voce maschile, era un biondissimo *trans* fermo al centro del giardinetto prospiciente il lungomare. Indossava un cortissimo impermeabile di plastica trasparente sopra una quasi completa nudità del busto che lasciava intravedere un sodissimo seno e un piatto ventre. Teneva le braccia strette al corpo, intirizzito dal freddo.

– No, non mi ha mollato nessuno... – sorrise. – ... ho voglia di un po' d'aria fresca.

– Oh, io pagherei una cifra per stare al calduccio in una macchina... stasera, nisba, non si ferma nessuno...

Tirò una lunga boccata da una lunghissima e stretta sigaretta bianca. Sbuffò lentamente, creando una nuvoletta di fumo azzurro che rimase sospesa poco distante dalle sue labbra.

Il desiderio di fumare fu impellente, non esitò a chiedergli una sigaretta.

– Ma certo, amore...

Aprì un piccolo borsetto viola dal quale tirò fuori un pacchetto stretto e lungo.

– Grazie…

– Figurati, tesoro.

Restò ferma accanto al giovane *trans* aspirando forte, per poi soffiare una lunga colonna di fumo che si disperse rapidamente nell'aria.

– Nervosa, cara?...

Lei scosse la testa, esprimendo più delusione che un diniego.

Guardò negli occhi il *trans:* erano dolci e neri, alterati da un pesante trucco beige. Chiese:

– Come ti chiami?

– Margot… in arte... – rise. – Elisa, se riuscirò a "transitare". – Terminò la frase con un tono seccato.

Conosceva appena la problematica della transizione, ma non volle approfondire. Si presentò:

– Ciao, Elisa. Mi chiamo Flora.

– Ciao Flora.

Restarono a fumare in silenzio; entrambe curiose di sapere qualcosa dell'altra; senza farsi domande.

Terminò la sigaretta, schiacciandola sotto la scarpa. Salutò Elisa baciandola sulle guance.

Solo un altro giorno. Avrebbe visto Renato il giorno seguente. A che punto e come inserire la domanda, non le sarebbe stato difficile. D'altronde, essendo in qualche modo coinvolta, sarebbe stata lecita una richiesta del genere.

– ...

Le rispose che il fascicolo era stato aperto contro ignoti, che l'ipotesi islamica restava ancora in piedi senza nessuna prova.

Secondo lui, avrebbero archiviato il tutto. A non aver chiuso le indagini, invece, erano gli "altri", ma che non doveva temere per il suo amico Samuele...

Sapeva tutto! Per un attimo ebbe la stessa sensazione provata in macchina con Segrè. Chiese con un tono freddo:

– Che cosa sai?...

Durante una sua "privata" perquisizione in casa, aveva eseguito un back-up del disco fisso. Aveva letto quel pezzo sulla *shechitah* e anche il resto. Si era appassionato molto solo al resto, da cancellare il file prima di consegnarlo al procuratore.

– Perché lo hai fatto?

– Per un corto circuito mentale... – affermò con un tono grave.

– Cioè?

– Un qualcosa d'inspiegabile che ti fa... leggere la realtà in un modo diverso, in alcune circostanze.

Stranamente, il suo discorso collimava, grosso modo, con la stessa conclusione di Segrè: un processo a Samuele sarebbe stato un inutile accanimento, con una conclusione che avrebbe nuociuto più di una pena detentiva.

Nell'ipotesi che questo potesse accadere, non aveva fatto niente per agevolare il corso delle indagini. Anzi, le aveva "arbitrariamente" deviate. Così come aveva fatto per lei, indirizzandoli sulla pista araba. Quanto agli 'altri', aveva già iniziato un'azione insinuatrice circa una "qualche" storia di Adelina con un "qualche" studentello della Residenza Universitaria, recandosi in quel posto a fare domande a quei giovani studiosi. La qual cosa, sarebbe potuta trapelare a un "qualche" giornalista di sua conoscenza voglioso di comprarsi un nuovo modello di SUV, al cui finanziamento avrebbe potuto provvedere il caro dottor Segrè.

Si sentiva parte di un complotto dal quale non poteva sottrarsi. Chiese passivamente:

– Perché mai dovrebbero cascare in una così improbabile ipotesi? Adelina è al di sopra di ogni possibile sospetto…

Le rispose che i seguaci di San Escrivà de Balaguer erano persone molto intelligenti. Non dei fanatici della fede, come molti credevano. Alla moralità della povera segretaria ci tenevano molto meno che a quel luogo di studio e reclutamento. La sola illazione (delle quali erano già oggetto da anni di speculazione letteraria) ne avrebbe potuta intaccare la rispettabilità, cosa cui tenevano sopra ogni cosa. Quanto alla giustizia, si sarebbero rimessi a quella celeste: – *di qualche spanna superiore a quella terrena* – ironizzò.

La macchina era partita e non poteva fare niente per fermarla. Guardò l'amico negli occhi, ironizzando anche lei sull'ultima frase:

– Adelina, la sanno beata nel giardino delle delizie.

– Quello è il luogo dei Giudei. – Precisò lui, sempre scherzando.

– Sì, insomma, il paradiso. – Abbozzò un sorriso, anche lei.

Quel lungo discorso di Segrè le aveva lasciato un disperato senso di vuoto. Non delusione: a quella aveva fatto l'abitudine già dai tempi delle Paole, Giavanne e tante altre. Ci conviveva da sempre, imparato a metabolizzarla come una componente naturale del proprio vissuto. Più spesso evitata (non sempre) anticipando, col fiuto di una cagna, un accoppiamento mercenario o impossibile. Non l'aveva delusa nemmeno la madre, trovandola come una gatta impazzita, incapace di riconoscere i propri cuccioli. Questo, l'aveva imparato già da piccola, osservando il comportamento strano di una sua micia, sempre in calore, che rifiutava il frutto delle sue innumerevoli escursioni amorose; a volte li mangiava. Se ne fece una ragione, dopo la prima cucciolata.

La storia di Samuele, in bilico tra un presunto moto inconscio e una perfida consapevolezza, la gettava in una specie di purgatorio mentale senza possibilità di redenzione per un uomo che aveva amato, apprezzato per la sua umanità e comprensione: nessuno mai aveva saputo coccolarle lo spirito soltanto con uno sguardo, una parola, un gesto. Tutto in lui le era sembrato sempre molto generoso; una gratuità che le aveva riservato solo il padre nella sua adolescenza, per poi svanire in un ottuso disinteresse alla sua maturità. Samuele l'aveva accettata senza riserve e con una totale disponibilità, non chiedendo in cambio null'altro che la sua amicizia, tenuta segreta affinché nessuno potesse fraintendere quel sentimento senza alcuna contropartita: intimamente vissuta da entrambi con una vera passione d'amore senza possesso.

Aveva trascorso con lui degli anni straordinari, interrotti per un breve periodo per una sua cotta con Rossana:

troppo giovane per lui e propensa solo a taglieggiamenti venali. Confidò, solamente a lei, di preferire un vero rapporto mercenario con le sue prostitute, piuttosto che un "amore" declamato ad ogni inizio e fine frase. Per i sentimenti, le confessò, le bastava lei. Una dichiarazione, senza orpelli e sviolinate tzigane, che comprese in tutta la sua sincerità: era quello che sentiva lei stessa per lui. Tutto questo non poteva essere incluso in un semplice termine: delusione; un sentimento facilmente riempibile con la prossima e un'altra ancora; questa mancanza non era più colmabile.

Erano due settimane che viveva in un interminabile *loop* mentale. Il tempo dall'ultimo incontro con Segrè che, salutandola, le aveva suggerito di andare a visitare il suo amico Samuele: l'avrebbe aiutato a tornare alla normalità.

Non era pronta. Temeva che non si sarebbe comportata normalmente. Non sarebbe riuscita a parlargli con la stessa lealtà di sempre, che non sarebbe riuscita ad ascoltarlo senza dubitare delle sue parole. E, soprattutto: guardarlo negli occhi.

Ci fosse stata Valeria, ne avrebbe discusso con lei; ma era un'altra che non doveva sapere della macchinazione di Renato, Segrè e lei (suo malgrado) che continuava a voler pensare all'inconsistenza o all'improbabilità del sogno di Mordecai mentre le sovveniva chiara la voce di quell'imprecazione: era stata quella di Samuele.

Si alzò per andare in cucina. Aprì lo stipo in basso, prese la bottiglia di whisky, l'unica piena; le altre quattro, vuote, erano disposte in fila a testimoniare la sua smoderatezza.

Non riusciva a farne a meno. Era riuscita a non comprare le sigarette: quelle servivano a stemperare l'ansia, non ad annebbiare la mente. Tirò un sorso riempendosi completamente la bocca. Tenne il liquido finché non lo sentì abbastanza caldo da ingurgitarlo nello stomaco. Non ci sarebbe voluto molto per partire e addormentarsi. Soli altri tre sorsi abbondanti e… *a cagare il mondo e a tutte le carogne che lo abitavano… a tutti i fanatici di ogni fede e razza… alle verginelle puttane che l'avevano rifiutata… ai pazzi sobri che non bevevano e non avrebbero mai bevuto…*

Non ci fosse stato il prezzo da pagare con l'emicrania, avrebbe continuato a bere anche durante il giorno. Sarebbe salita su un autobus con un trolley sgangherato e avrebbe tenuto il suo alto discorso su questa vita di merda. Avrebbe aderito alla congrega delle Amazzoni folli di quella disgraziata; non prima di aver urlato tutta la sua rabbia contro il preside e la sua cricca di amici penitenti, artefici del folle gesto del suo unico vero amico.

– Ho ricevuto la mail dal Rettore di Urbino. – Informò il preside. – Gli spiace di non poter intervenire per precedenti impegni.

– Per quello che conta, non ce ne può fregare più di tanto. – Le rispose il preside.

Da qualche settimana, l'atteggiamento di Grimaldi le sembrava ostile, livoroso; e non era nella sua natura che, per opportunismo, era incline ad accattivarsi il prossimo. Non le era sfuggito che, sempre più spesso, cercava di mantenere un rapporto distaccato, da limitarsi a lasciare appunti scritti anche per le più insignificanti incombenze che avrebbe potuto chiedere verbalmente. Restava sempre meno al suo posto, preferendo stare nella sala consiglio dove era costretta a raggiungerlo per la firma di qualcosa.

Volle stanarlo:

– Preside, vorrei chiederle una cosa…

Non le rispose, si limitò ad annuire con la testa.

– Lei in più occasioni mi è parso incredulo circa… la pista islamica delle indagini. Come se… avesse una sua opinione…

Continuò a non rispondere. Si alzò, raccolse alcuni fogli dalla scrivania per riporli nella sua borsa di pelle, la chiuse e si avviò verso la porta, senza salutare.

Rimase seduta al suo posto con lo sguardo fisso su una piccola chiazza di umido sul muro, era molto simile a una di quella vista su delle tavole che teneva sulla scrivania Segrè: una fessura verticale contornata da una macchia stesa come una pelle di un animale, oppure una radiografia del bacino di una donna. Chissà quale delle due interpretazioni avrebbe preso in considerazione il medico, col quale, avrebbe voluto parlare: le avrebbe tenuto le mani tra le sue e l'avrebbe tirata fuori da quell'incubo. Anche se lui, non le era sembrato meno indifeso, l'ultima volta in macchina, quando restò aggrappato al manubrio che strinse forte per non essere travolto dalle sue stesse pesanti parole; si era avvinghiato con forza allo sterzo nel tentativo di non fare arenare la sua coscienza di uomo, prima ancora che di medico.

Aveva parlato piano, alitando nuvole di parole che erano rimaste sospese nell'abitacolo prima di cristallizzarsi in gelide e opache goccioline sul vetro del parabrezza, annebbiandolo completamente.

Non le era sembrato l'invulnerabile medico vaccinato contro ogni possibile infezione, l'inscalfibile curatore di anime, l'incorruttibile traghettatore di spiriti malvagi; ma semplicemente un Israelita timoroso di non trovare il decimo maschio Ebreo per la preghiera serale: troppi si erano persi per sempre, altri sarebbero rimasti diversamente altrove; qualcuno errava a piedi in un deserto rovente alla ricerca di una chimerica oasi. Degli stolti, gli era rimasto solo Samuele, ma si rifiutava di pregare.

Guidava piano, non aveva fretta di arrivare. Ai semafori, lasciava che fossero quelli di dietro a strombazzare la ripartenza. Superò il benzinaio senza accorgersene, dovette ritornare indietro per imboccare la traversa della clinica.

Segrè non c'era. – *Poteva, comunque, salire a fare visita al professor Levi.* – La invitò una garbata infermiera con un accento settentrionale.

Non era venuta per incontrare Samuele. Stava per risponderle che sarebbe tornata un altro giorno, magari fissando un appuntamento, ma la ragazza si era già avviata lungo il corridoio voltandosi per guardare che la seguisse, e lei le camminava dietro senza riuscire a motivare una qualche scusa per non seguirla.

Non aver incontrato il medico, le complicava ulteriormente la sua indecisione a salire di sopra. Gli avrebbe chiesto sul come comportarsi, cosa dire e, anzitutto, se fosse stato in grado di comprendere quello che gli avrebbe detto… ma quella andava decisa e spedita a sbrigare la sua incombenza di accompagnatrice, che non era certamente la sua principale attività col tutto il da fare che aveva con i pazienti. Trainata dalla solerzia della ragazza, si trovò a salire le scale restando quattro scalini a distanza da lei, scusandosi per la lentezza dovuto a un dolore alla caviglia che la stava tormentando da un paio di giorni. L'infermiera si rese subito disponibile a visitarla, aveva una qualche esperienza in fatto di dolori articolari, l'avrebbe attesa giù all'infermeria dopo la sua visita al professore. Le mentì dicendole che aveva già un fisioterapista che la seguiva e la ringraziò per la premura, affrettandosi un po'.

Era seduto sul letto, con un libro aperto tra le mani. Per fortuna, fu lui a salutarla per primo:

– Flora!

Gli allungò la mano senza pronunciare parola. Samuele la guardò stupito, chiese:

– Non mi dai un bacio?

Lei esitò un attimo, prima di baciarlo su una guancia, sfiorandola appena.

– Co… cosa stai leggendo? – Balbettò.

– Oh, niente di particolare. Un libro noioso, scritto da me vent'anni fa. Lo teneva Carlo nella sua biblioteca.

– Perché noioso?

– Perché penso che lo troverebbero noioso i lettori odierni: uno stile di scrittura troppo complicato per chi ha fretta di arrivare al dunque…

– Di che parla?

– Un saggio sulla letteratura del Medioevo Romanzo…

Parlava come se tenesse una caramella in bocca: le parole uscivano lente, biascicate; il timbro un po' più acuto, meno grave di come fosse in precedenza.

– Hai mai scritto un romanzo?

– Ah, no. Mai! – Scosse la testa.

– Eppure, ne avresti la stoffa… – cercava di verificare se si ricordasse di aver scritto qualcosa sul suo computer.

– L'ho fatto solo quella volta, per compiacerti. Lo conservi ancora quel *file* sul tuo notebook?

La sorprese, si ricordava di aver scritto sul computer perché incapace di parlare, questo la consolava e turbava contemporaneamente:

– Spero di sì, di non averlo perso, perché proprio l'altro giorno l'ho portato a riparare: non dava più segni di vita… – mentì: Renato aveva formattato il disco per cancellare ogni traccia del file, facendo un back-up del resto – … ha ragione Grimaldi sulla labilità della scrittura informatica…

– Spero si sia perduto quel file…– disse lui con un tono semiserio. –

L'affermazione la inquietò. Chiese:

– Spero proprio di no, perché dici questo?

– Niente: è che di letteratura di Ebrei lagnosi ce n'è già tanta…

Si tranquillizzò un poco, ma non del tutto:

– Non ce ne sarà mai abbastanza. – Enfatizzò lei.

Samuele si fece più serio, si spostò dalla posizione, sedendosi sul bordo del letto. Si passò la mano sul volto, prima di cominciare:

– Lo scritto è un falso per definizione. L'autobiografia è un falso al cubo. Chi la scrive, tende a dare di sé un'immagine edulcorata; peggio quando fa autocritica: la falsità si amplifica e assume i toni patetici di una falsa testimonianza, come davanti a un giudice. Per questo, andrebbero arrestati…

– Non capisco, vuoi dire che?…

– … non c'è molto da capire, cara. Nella memoria conserviamo solo quello che ci pare o quello che ci fa più comodo: frammentari ricordi che non sarebbero sufficienti per completare una biografia senza non aggiungere qualcosa per allungarla…

Si sentì a disagio. Cercò di cogliere nel suo sguardo un qualche cambiamento. Era sempre lo stesso: due occhi azzurri, su un volto con una leggera barba bianca, che la guardavano come una figlia. Niente di più rassicurante.

Si ridistese sul letto e continuò:

– Ogni professione comporta la propria distorsione. La mia, quella di non riuscire più a leggere un qualsiasi scritto come un semplice lettore. Non riesco più a leggere un romanzo, tantomeno a scriverlo, senza analizzarne la forma, il ritmo, la coerenza della trama e tutto il resto. Preso da questo studio: la finzione non mi coinvolge, diventa un interesse accessorio. Una biografia, poi, mi irrita. È, spesso, un imbroglio; perché cerco di seguire il fatto vero e mi ritrovo con una finzione sfacciata; non che debba essere una elencazione pedissequa dei fatti, ma nemmeno una forzata messinscena di quei fatti.

– Mi stai dicendo che quel tuo scritto aveva queste caratteristiche?

– In gran parte sì, mia cara…

Gli sembrò una dissertazione capziosa, un tentativo di screditare quel suo diario. Eppure, il suo eloquio le era sembrato sincero, come di solito. Per tutta l'esposizione aveva mantenuto una certa serenità, senza mai mostrare l'ombra di cinismo o malevolenza.

Lo provocò, porgendo la domanda come se fosse stata casuale:

– Per esempio, il fatto della *shechitah*, quello nel quale parlavi di tuo cugino Mordecai che uccideva il vitello…

– Sì, lo ricordo. Ne ho scritto enfatizzando la mia pietà per quella povera bestia; niente di più falso: provai un sottile piacere a vedere sopprimere l'animale, una perfidia tipicamente infantile…

– Perché lo hai raccontato in quel modo?

– Perché l'ho scritto. Ora, te ne sto parlando la cosa è molto diversa.

Impallidì. Abbassò lo sguardo, nel timore di incrociare il suo. Il tono era cambiato, l'ultima affermazione le era parsa come un avvertimento, un oscuro ammonimento a dimenticare ciò che aveva scritto: cancellarlo. Avrebbe voluto dirgli che era stato già fatto, ma pensò che non gli avrebbe dato questa rassicurazione, lo avrebbe lasciato col timore che quel *file* fosse ancora leggibile da chi non doveva leggerlo.

– Ti ho impaurita?

La stessa domanda la intimorì davvero, confermando i suoi dubbi. Si alzò, rispose balbettando:

– No… no…

– Delusa?

– Non so…

– Mi spiace. Puoi cancellare quel file… se vuoi.

Allungò la mano per salutarlo, mostrandogli la sua contrarietà.

– Mi spiace molto… non avevo intenzione di… – trattene la sua mano per non farla andare via.

Ritrasse la mano, lasciando quella di lui sospesa a mezz'aria.

Lungo il corridoio, vide venirle incontro Segrè. Avrebbe preferito non incontrarlo; ma lui la invitò nella sua stanza.

– La vedo agitata… – disse ancor prima di sedersi.

Lei restò in piedi, stringendo con le due mani la borsa. Provò a divagare, guardandosi intorno:

– Davvero un bell'arredamento…

– Me l'ha già detto…

Già, con lui non poteva bleffare. Tolse le mani dalla borsetta, rilassò il corpo e decise di sedersi.

– Non so dirle… l'ho trovato strano… ci ha tenuto a raccontarmi la verità su un episodio scritto sul mio computer…

– Quale episodio?

– Quello di una macellazione rituale… alla quale assistette da bambino…

– Ah, sì. C'ero anch'io quella volta.

– Lei?... Cosa provò?

– Oh, niente. Mi parve un gioco. Samuele, invece, non volle vedere, voltò la testa e quasi pianse…

Guardò quel volto che, di colpo, passò da un'espressione burbera a quella di uno che la stesse coglionando: le sopracciglia sollevate e un mezzo sorriso sulle labbra storte da un lato.

– L'ha raccontato in modo diverso… – disse con un tono lento e meravigliato.

– Chiaramente. Ha rimosso quella sua debolezza, la sua inferiorità, per la qual cosa noi lo sfottemmo per un lungo tempo...

– Ma… lui l'aveva scritta così…

– Una cosa è scriverla, altro è raccontarla…

– Che cosa vuol dire?

– Che si può fingere quando si parla, ed essere reali quando si scrive…

Un'altra cervellotica disquisizione nel giro di mezz'ora. Ora, si sentiva davvero confusa, circuita.

– Non riesco…– s'interruppe, per non palesare i suoi dubbi.

– Capisco la sua perplessità, ma si fidi di chi con le menti contorte ci lavora ogni giorno. – Volle concludere prendendole le mani tra le sue.

Era già successo. Questa volta, però, le sembrò che la volesse bloccare, tenerla lì con lui, perché non fuggisse. Le ritirò con un secco strattone. Si alzò.

– Per oggi mi può bastare… A rivederla dottor Segrè.

Si sentiva confusa. Non riusciva a mettere a fuoco tutto quello che aveva ascoltato. L'unica cosa certa era il dualismo di Samuele. Quanto ne fosse consapevole, era la cosa che più la turbava. La giustificazione di Segrè, circa la rimozione di Samuele, cominciò a non sembrarle più plausibile: una pseudo-diagnosi per impietosirla.

Ma, soprattutto, Samuele aveva mentito scrivendo o parlando?

Tutto questo, non si conciliava la sua umanità e intelligenza, ma con la follia; contro la quale non poteva farci niente; quel suo parlare tranquillo dell'episodio infantile partecipato con crudeltà, le aveva dato un pauroso brivido e una profonda angoscia che lui ricordasse tutto perfettamente ma, nello stesso tempo, che potesse essere vera la supposizione di Segrè circa la rimozione.

Stava guidando in maniera nervosa, ora era lei a usare il clacson per sollecitare la ripartenza al semaforo.

Imboccò la circonvallazione. Si diresse a sud, sarebbe uscita al primo svincolo verso il mare.

Fermò la macchina su un terrapieno di poco sovrastante la stretta battigia che cominciava a bagnarsi per le onde sospinte da un fresco maestrale. Uscì dall'auto e restò in piedi a fissare un granchietto piatto che stentava a raggiungere l'acqua, ricacciato indietro dai flutti: rimaneva incerto sul tratto di sabbia, ancora asciutta, per ritentare la debole corsa senza riuscirci. Lo vide che si fermò allargando le chele, come se volesse mandare a far *fottere* le onde e restare lì a morire.

Un'onda più lunga lo inghiottì, ma restò a galleggiare inerme, senza andare giù. Un'altra, ancora più forte, lo sbatté violentemente tra le altre carcasse di granchi e conchiglie.

Il vento le soffiava l'aria da sotto il naso. Respirava breve, a fatica. La crescente increspatura delle onde accorciava la distesa di acqua, aveva l'impressione che la linea d'orizzonte si ravvicinasse.

Riusciva a non pensare.

Ritrovò i pensieri in macchina, ancora più confusi e angoscianti.

Restò un istante con le mani sul volante, stringendolo, per poi staccarle con violenza e scagliarle in aria urlando un liberatorio: "Vaffanculo"!

Spostò la leva sulla retromarcia e partì, sgommando.

Il market era affollato di clienti del Sabato sera. Guardò intorno se ci fosse stata la biondina dei formaggi. Non c'era. Al solito posto, c'era una ragazza bruna che offriva del caffè. Lo avrebbe preso volentieri, ma rinunciò, dirigendosi direttamente verso il banco salumi. Trovò in attesa un discreto gruppo di persone, prese il suo numero: 43, il led rosso segnava il 31. Si mise ad attendere da un lato, distante dal gruppo nel quale notò l'anziana della sera della bevuta selvaggia. Arrossì, mentre quella le fece un grande sorriso. Le sorrise anche lei. La donna uscì dal gruppo per raggiungerla, appena le fu vicina sussurrò:

– Non deve vergognarsi, sa?... Anch'io tengo la mia bottiglia di amaro, ogni tanto ne bevo un po'...

Lei le fece un sorriso di complicità. Abbassando lo sguardo. Quella, continuò, sempre sussurrando:

– Sono sola, ormai... e non devo dare conto a nessuno. Lei è sposata?

– Non sono sposata. – La informò, sottovoce.

– Ecco, è sola anche lei... posso capirla...

Si accostò più vicina, incollandosi con il corpo. Si guardò intorno circospetta, poi sussurrò ancora più piano:

– Io, il prosciutto che prendo ora... non lo pago...

Si scostò e la guardò stupita. La donna la tirò a sé e continuò con lo stesso tono:

– Questi dei supermercati, sono tutti ladri...

– Non capisco, come fa a non pagarlo? – Sussurrò anche lei.

– Glielo spiego. – Si guardò ancora intorno e proseguì:

– L'incarto del prosciutto è sottile, vero?...

Lei, assentì.

– ... Allora, lo prendo e lo appiattisco in quest'angolo del carrello, qui, vede? – Indicò l'angolo posteriore sinistro. – Quando arrivo alla cassa, dopo che aver svuotato il carrello, lo tengo fermo sotto il registratore di cassa mettendo la mia borsa sul bordo, proprio qui. – Poggiò la grossa borsa flaccida, insellandola sul bordo in alto. – La apro per cercare i soldi e intanto spingo il carrello in avanti, appena la ragazza passa il resto della spesa, io mi affretto a cacciarla tutta dentro, coprendo subito il pacchetto, mi segue?...

Lei, annuì con la testa.

– ...Mi è andata sempre bene, se dovesse accorgersene: posso lagnarmi che sono una vecchia e che non vedo bene. – Ridacchiò coprendosi la bocca.

Lei si scostò di nuovo. Fissò il display per non guardarla, ma la donna si accostò ancora:

– Ma non creda che lo mangi io… no, io non lo posso mangiare… lo regalo a una famiglia con un padre disoccupato… – Si ritrasse impettendosi, con la dignità di una benefattrice.

Restò leggermente imbambolata per la sequela di dubbi che la pervasero: come mai le avesse confidato quella magagna; se donasse davvero quel prosciutto; se fosse un'alcolista; se avesse pensato che lo fosse anche lei; se quello che era accaduto fosse vero o anche lei… Si autosuggestionò, le sembrò che stesse delirando, che tutta quella gente in attesa fosse un'accolita di degenerati, ladri, assassini; che dietro quelle facce perbene si nascondesse ogni sorta di perversione umana; compresa la sua, quella di un'adescatrice alcolizzata…

Sentì un forte imbarazzo, aveva voglia di andare via. Quando fu chiamato il suo numero, stava per rinunciare. Rispose alla seconda chiamata. Avrebbe dovuto comprare il prosciutto, tra le altre cose; decise per lo speck, che non gradiva.

Uscì dal market quasi fuggendo. Aveva bisogno di un forte respiro di aria fresca.

Sul marciapiede, poco distante, vide la moglie di Grimaldi che avanzava verso di lei. Quel bel volto sereno, dolce, con degli occhi che la guardavano sorridenti, la tranquillizzò un poco. Si fermò, felicissima di incontrarla.

Aveva già conosciuto la moglie del preside: una donna mite, con un volto d'altri tempi dai lineamenti leggeri, puliti. Aveva di lei un ricordo particolare, di come sapesse ascoltare con vera partecipazione: socchiudeva gli occhi e muoveva le labbra seguendo le parole degli altri, come se le ripetesse a se stessa. Al termine, ricomponeva il suo viso e iniziava a dire la sua con affettuose parole per tutti, ma non senza una propria opinione.

Era anche contenta di averla incontrata da sola, senza il marito.

Si abbracciarono.

– La trovo bene signora. – Si complimentò sinceramente.

Restarono a guardarsi negli occhi; la donna spense solo un poco il sorriso:

– Lei è sempre bella, ma la vedo un po'… come dire… stressata?

Doveva avere proprio una faccia sconvolta. Sentì il bisogno, per tranquillizzarla, di raccontare quello che le era successo nel market. La donna la ascoltava mentre il viso si allargava in un crescente sorriso. Ascoltò il fatto sino alla fine, poi chiese con un tono rassicurante:

– È una signora bassina, un po' pienotta con i capelli tenuti a *chignon* alto?

– Sì. È come la descrive. – Sentì rilassarsi il viso.

– Poverina. Ogni tanto straparla. Da quando è morto il marito, vive da sola. Ha due figli che abitano lontano, uno a Milano e l'altro in Norvegia, mi pare. Ha sempre una grande nostalgia dei nipotini che vede di rado. No, non tema, non ruba un bel niente. A me raccontò una sua storia che era in grado di guarire con le mani i bambini, solo i bambini, però.

Tirò un grande sospiro. Avrebbe abbracciato la donna per averla tirata fuori da quella suggestione surreale vissuta poco prima. Ebbe voglia di raccontarle di Samuele; magari, sapeva qualcosa anche del suo amico e la poteva tirare fuori anche da quell'incubo. Ci provò:

– Sono anche preoccupata per il professor Levi...

– Mi ha detto mio marito che è in cura presso la clinica del professor Segrè... – Chiese con un tono discreto.

– Sì... sì... – Esitò lei.

– Ho avuto il piacere di conoscerlo tanti anni fa, all'inizio della sua carriera universitaria. Una persona amabile, di spirito. Ricordo di avergli chiesto se fosse stato parente dei Levi Piemontesi, quelli noti: Carlo e Primo; mi rispose che poteva essere possibile, ma che i Levi erano una grande famiglia internazionale che includeva noti comici, produttori di blue-jeans e famosi scienziati, e che lui era soltanto un docente di terza fascia. Usò quel tono ironico che pare sia tipico della sua gente: un modo scherzoso dietro di cui nascondere delle amare considerazioni su uno *status quo* di privilegi e intrallazzi. Nel suo caso, alludeva al fatto che altri non meritevoli docenti lo avessero scavalcato nella carriera.

– Che alla fine raggiunse, però... – affermò lei con un tono consolatorio.

La donna la assecondò con gli occhi, spalancandoli, prima ancora di dire:

– Beh, vorrei ben dire... non poteva andare diversamente, con tutte quelle pubblicazioni, conferenze, citazioni... sarebbe stato davvero uno scandalo che non potesse superare gli esami...

Si zittì, chinò la testa sollevando leggermente le spalle in un espressivo gesto di biasimo.

Restò zitta anche lei, in attesa che continuasse.

La donna sollevò il capo, fissò i suoi occhi per confidarle:

– Mi sarei innamorata anch'io di un uomo così...

Rimase sorpresa dal tono della confidenza, più che della confidenza stessa.

– ... mi scusi, sono stata indiscreta... – Proseguì la donna con l'intenzione di voler terminare.

Era imbarazzata, avrebbe dovuto smentire l'allusione. Non lo fece.

Restarono ancora un poco a parlare d'altro. Alla fine volle abbracciarla forte, tenendola stretta a sé più del tempo dovuto per un incontro casuale con una persona che aveva incontrato poche volte e in occasioni formali. Non l'avrebbe voluta lasciare. L'avrebbe tenuta stretta ancora, per non separarsene più. L'altra, rendendosi conto della situazione *straordinaria,* non fece nulla per distaccarsi. Lasciò che restasse così tutto il tempo che avesse voluto.

– Dovremmo vederci più spesso, cara. – Le disse piano in un orecchio.

Proseguì verso casa, facendo dondolare la leggera busta della spesa. Alleggerita anche lei dal fardello mentale del quale si era fatta carico durante il pomeriggio: le restavano in testa soltanto il dolce sorriso e la levità delle parole della signora Grimaldi.

Era stata proprio un bene, averla incontrata senza il marito.

Sul portone intravide la figura snella di una donna già vista: la signora Anna, la visitatrice del bagno, la 'sorella'. Non si meravigliò che fosse lì ad attenderla, ma che stesse impalata e rigida con la borsa stretta sul petto, lo sguardo altrove e il viso puntuto: un'aria di chiara osti-lità.

Non ora, pensò: *Magari un altro giorno, ma non ora.* Faceva in tempo a evitarla, non la stava guardando. Rallentò molto, illudendosi di non giungere mai al cospetto della *sentinella* ferma nella *garitta* del suo portone, sugli attenti e con l'occhio vigile di traverso: l'aveva vista.

Percorse a passi incatenati *l'ultimo tratto* che la separava dall'*inquisitrice* – così le pareva – cercando di mostrare disinvoltura o meraviglia: due cose che non riuscì a esprimere se non un impacciato sorriso di una collegiale *impreparata* di fronte al docente di latino e greco:

– Attendeva me? – Fu l'unica scontata domanda che riuscì a fare.

La donna assentì con un leggero cenno della testa. Restando imperturbabile dov'era, senza alcuna intenzione di scostarsi.

– Vuole salire?

– Noo!... – Prolungò decisamente il diniego con l'intenzione di farle intendere che l'incontro non era per nulla *confidenziale.*

Restò in silenzio, in attesa che parlasse.

– Non sono qui per fare *apostolato*... – già il sarcasmo non presagiva una conversazione *friendly,* – ... avrei fatto volentieri a meno di svolgere questo compito di mediatrice... – continuò, ponendo l'accento sul termine con evidente disprezzo – ... allo scopo di evitare un discredito a un nostro luogo di studio e formazione, qual è la nostra Residenza Universitaria che, "qualcuno", sta tentando di infangare.

Non volle fingere di non sapere di che stesse parlando, continuò a restare ferma e in silenzio, in attesa che concludesse e la lasciasse passare.

Sempre col capo rivolto altrove, continuò con un tono arrendevole:

– Per quanto ci riguarda, riteniamo chiusa la faccenda.

Continuò a stare zitta, pensando alla previsione azzeccata di Renato. Ora, l'imbarazzo era maggiore; perché avrebbe dovuto perlomeno annuire, fare un cenno con una qualsiasi parte del corpo: qualcosa che non fosse la sua espressione scimunita che, per fortuna, quella non vedeva, tenendo la testa voltata; ma, purtroppo, il corpo rigidamente fermo a impedire il passaggio.

Finse di schiarirsi la gola, nel tentativo di richiamare la sua attenzione e poterla smuovere da quell'ostinata posizione.

La donna girò il volto, abbassò lo sguardo e cominciò a parlare con una voce più sommessa, appena udibile:

– Eravamo legate da sincera amicizia, Adelina ed io; una profonda amicizia... – marcò il finale guardandola negli occhi.

Alle spalle della donna si aprì il portone. Si fece da parte per lasciare il passo a un anziano che restò fermo poco distante da loro per rovistare nelle tasche, come per cercare qualcosa che poteva aver dimenticato in casa. Restarono mute a guardarlo, in attesa che si allontanasse, ma la ricerca sembrava interminabile: continuava a ficcarsi le mani in ogni possibile scomparto del suo abito, scuotendo la testa, contrariato.

Colse il momento per rinnovarle l'invito a salire. La donna esitò un attimo, poi, lei stessa, s'incamminò precedendola.

– Possiamo salire a piedi; abito al primo... – Le consigliò.

Era incredula: l'algida persona che l'aveva attesa sul portone, e che le aveva creato un qualche imbarazzo, si era sciolta in meno di dieci secondi al calore di una confessione che, all'improvviso, aveva deciso di farle. Era chiaro che sapesse tutto di tutti: della sua amicizia con

Renato, dei suoi rapporti con Segrè, di chi fosse la sua compagna e, chissà, se non sapeva anche che Samuele potesse essere stato l'assassino di Adelina. Cominciò a temere un tranello. Decise di essere cauta, di parlare il meno possibile.

Entrarono. Le chiese subito se gradiva un caffè, mentre riponeva gli insaccati e il resto nel frigo. Non ebbe risposta, si voltò e la vide seduta sul divano che si asciugava gli angoli degli occhi con un fazzolettino di carta.

Pensò che avrebbe dovuto dire qualcosa su Adelina; non poteva continuare a tacere mostrando un comportamento *omertoso* e di completa complicità con chi aveva escogitato l'intrigo. Dopotutto, non era stata lei l'artefice; aveva solo passivamente aderito all'iniziativa di Renato, al fine di scagionare lei e, soprattutto, di tenere fuori Valeria. La complicazione di Samuele – che restava ancora un'ipotesi – non l'aveva prevista, né l'avrebbe mai potuta prevedere. Aveva assecondato Segrè impulsivamente, ritenendo giuste le sue motivazioni.

Tutto era accaduto senza alcuna sua premeditazione; ciononostante, si ritrovava a far parte di una *congiura* non preparata e di fronte a una donna che, sicuramente, la riteneva complice degli altri due. Tentare ora di fare chiarezza, avrebbe comportato delle brutte complicazioni per due persone, come Renato e Segrè, animate da princìpi morali e pratici non codificabili in un semplice *comma* giuridico.

Si sedette sul divano, accanto alla donna. Si strofinò le mani prima di dire:

– Ero anch'io amica di Adelina… in qualche modo. La posso capire.

Anna scosse ripetutamente la testa, mostrando un'inconsolabile disperazione. Soffocò la frase nel fazzoletto schiacciato sulla bocca:

– Me l'hanno uccisa… portata via per sempre!

Ebbe un brivido lungo la schiena: quella frase le era risuonata in tutta l'inconsistenza temporale del suo significato, non una frase fatta. Quel 'per sempre', come un indefinito tempo galattico che risiedeva soltanto nella sua mente infelice.

Tacque. Non l'avrebbe consolata con nessun'altra frase che potesse colmare quel tempo infinito racchiuso in due parole.

Restarono entrambe con la testa china, sconfitte dall'irrimediabilità di un evento che nessuna giustizia terrena o divina poteva sanare.

Anna si soffiò il naso, come per porre fine al suo sommesso pianto e riportarsi nella realtà. Disse con un tono burocratico, tradito soltanto da una lieve rottura nella voce:

– Per quanto ci riguarda, riteniamo chiusa la faccenda...

Non si sentì sollevata dalla dichiarazione, frutto di una decisione maturata nelle alte sfere della Prelatura, come aveva ben compreso. Restò in silenzio, avvilita dal dover essere lei la destinataria dell'*informativa d'ufficio.*

Dopo una breve pausa, Anna aggiunse:

– Anche se l'avevamo già chiusa da un pezzo... – si zittì. –

Quest'affermazione la incuriosì; chiese:

– Che cosa intende?...

Anna tirò un grosso respiro, aggrottò la fronte e, parlando con un tono di sufficienza, cominciò a dire che, sollecitati dal professor Grimaldi, avevano coinvolto tutti i loro adepti di un certo peso quali: avvocati, giudici, membri delle forze dell'ordine e quant'altri, affinché procedessero con una propria indagine sul caso; non fidandosi di quelle ufficiali. A metà percorso, però, dopo innumerevoli riunioni, avevano deciso di non proseguire, poiché gli eventuali risultati sarebbero stati un *boome-rang* per l'Opera stessa.

– In che senso? – Cercò di capire qualcosa che non le tornava.

– Molto semplice: un delitto per mano di una lesbica o di un Ebreo, – tra l'altro incensurati e rispettabili – avrebbe prodotto un interesse mediatico che, dopo un primo sdegno di circostanza, sarebbe proseguito con "sapienti" interventi di criminologi, psicologi, politici e tuttologi che sarebbero giunti alle stesse conclusioni, e cioè: che l'assassino, dopo tutto, aveva agito in *conseguenza* di una qualche *discriminante* omofoba o antisemita di un membro dell'Opus. Contrariamente, invece, sarebbe stato se a compiere il delitto fosse stato un islamico; in quel caso, Adelina sarebbe risultata una martire Cristiana, e l'Opera, la comunità nella quale operava, un'istituzione meritevole per la lotta contro il fanatismo musulmano.

Restò ad ascoltarla con la bocca semiaperta e la testa leggermente reclinata da un lato, come se stesse affrontando una curva a forte velocità, per quanto le sembrava vorticoso quel ragionamento.

Si ricompose dall'aria incredula. Abbassò la testa per mostrare la sua contrarietà a quel discorso strumentale che considerava le persone come oggetti finalizzati a uno scopo: gli esseri umani catalogati per la loro 'appartenenza'; un settarismo che dava ragione ai detrattori di quell'istituzione.

– Posso immaginare che cosa stai pensando… – Interruppe i suoi pensieri, Anna.

Sollevò la testa per guardarla: la sua espressione era cambiata, passando da quella distaccata della relatrice di un freddo comunicato, a quello più rassicurante di un'amica che le dava del tu.

– … voglio confessarti che non sono stata d'accordo con quella decisione, o meglio, per la finalità. Avrei preferito che avessero scelto di archiviare il caso considerando l'infermità mentale del pover'uomo, la sua condizione di diverso, e perdonarlo da buoni Cristiani. Invece, è prevalso un mero calcolo di opportunità...

Piegò la testa anche lei stavolta, con la stessa intenzione di palesare il suo disappunto.

– Sì, esattamente quello che stavo pensando... – volle aderire alla giusta considerazione.

– Ti parrà strano quello che sto per dirti... – ricominciò Anna con una voce più tranquilla, rassegnata – ... Adelina ed io, avevamo pensato più volte di tirarci fuori da un'organizzazione che, in più occasioni, ci era sembrata faziosa e maschilista... – si fermò, tirando un lungo respiro – ... ma non sarebbe stato utile alla 'nostra' causa...

Terminò, battendo lentamente i palmi delle mani.

I tre colpi risuonarono secchi e perentori come l'annuncio di una sentenza:

– La 'nostra' intesa.

Sollevò la testa, per guardarla in silenzio negli occhi e non dover proseguire con banali spiegazioni.

– ...

Restarono così tutto il tempo necessario per *non* dirsi più di quello che si stavano già dicendo guardandosi: un lungo dialogo sotteso di amarezza e sotterfugi, di desideri e privazioni, di apparenze e simulazioni... e tutto il corollario di una vita diversa.

Prese le mani tra le sue per *non* continuare un discorso troppe volte trattato senza alcuna conclusione, che non fosse quella di sentirsi in colpa con il resto del mondo.

– ...

– C'eravamo conosciute giovanissime. Facevamo parte dell'Associazione Cattolica, ben altro ambiente. Lì, conoscemmo Luciano e Mario, quelli che sarebbero diventati i nostri rispettivi mariti che, in seguito, aderirono all'Opus Dei. Ancor prima di sposarci, convinsero anche noi ad aderire all'Opera: accettammo entrambe le cose per non allontanarci una dall'altra, ci saremmo frequentate sia in comunità come in privato, senza destare sospetti... Mi capisci?

– Sì, certamente, mi è tutto chiaro...

– Il sacrificio delle rare *scopate,* le sole per ingravidarci, avrebbero compensato i nostri frequenti incontri...

Disse con un tono ironico e per nulla vergognata dai termini.

Sorrise anche lei. Immaginando gli "astinenti" mariti cinti dal cilicio per non cadere nelle tentazioni del piacere carnale.

– È vera la storia del cilicio?... – La interruppe sorridendo. –

– Verissimo!... Per nostra fortuna... – Rise forte.

– Non ci posso credere... Adelina mi era sempre sembrata convinta della sua vocazione...

– Recitavamo la parte! – Rispose secca. – Una recita che le è costata la vita. – Tacque.

Il suo silenzio spiegava quasi tutto. Le mancava un dettaglio, chiese:

– Non ce l'aveva con Samuele?...

– Assolutamente, no. Era un suo modo di ostentare rigore con il tuo preside, una cortina fumogena dietro la quale nascondere, sarcasticamente, la sua vera e unica 'vocazione'. L'avevo spesso rimproverata, per quella sua simulazione; ma lei sembrava divertirsi a recitare la parte... – Scosse la testa con rabbia.

Tutta una finzione pensò. Sentì un forte rimorso per non essersi mai confidata con Adelina. Sarebbe stato tutto più semplice, e avrebbe evitato quella sciagura.

Rese comprensibile il suo pensiero, ricevendo un parziale conforto dalle parole di Anna:

– Non fartene una colpa, anche lei avrebbe potuto evitare quella finzione di una fanatica della fede: troppo tardi.

Da giorni, era stata colta da un ronzio nelle orecchie che, da qualche attimo, era cessato del tutto.

Stava bene: quell'acufene aveva smesso di tormentarla; era scemato lentamente, neutralizzato dalle tante parole di Anna, e andato via con lei.

Poteva udirlo, quasi simile, per il sibilo del vento proveniente da una finestra del bagno: era fuori, altrove; non più nella sua testa, che sentiva completamente sgombra.

Avrebbe dovuto telefonare a Renato, ma non poteva. Chiamare Segrè, ma non voleva. Ma, forse, non voleva nemmeno parlare e manco ascoltare: si sarebbe goduta il silenzio quell'inattesa quiete, per il tempo che poteva durare.

Erano trascorsi due giorni dalla visita di Anna.

Renato non si era fatto vivo.

Non aveva fretta di incontrarlo. Era rimasta dubbiosa del fatto che le indagini si fossero potute fermare soltanto per quegli *interventi* esterni. Troppo facile. Lo stesso fatto che l'amico ispettore non si fosse premurato di incontrarla, provava che non c'era nessuna novità.

Camminava svogliata verso l'Ateneo, voltando ogni tanto la testa nell'illusione di vederla apparire da qualche *nascondino*: una macchina, un albero, un bidone dell'immondizia e ogni altro possibile oggetto in grado di occultarla. Un'obbligata ricerca dalla quale era incapace di desistere, quasi un *tic*. Le piaceva l'idea che ciò potesse accadere, all'improvviso, come l'incantato gioco di trovare qualcuno nascosto dietro una tenda, un mobile, una porta... e lo spavento gioioso che procurava.

Grimaldi la accolse con un grande sorriso, scostandosi dalla scrivania per andarle incontro con la copia del giornale. "Trovato!" Esclamò, battendo col palmo della mano il foglio e addossandosi a lei per farle vedere l'articolo.

Questa volta non c'era la sua foto, ma quella di un giovane barbuto, con gli occhi sbarrati e spaventati, tra due poliziotti che lo tenevano per le braccia, ammanettato. Il titolo, a caratteri grandi, diceva qualcosa di strepitoso che non lesse, era rimasta a fissare l'immagine di quel giovane Arabo di nome Zaahid, mentre ascoltava di sfuggita la sintesi che le faceva il preside: *"L'hanno trovato in una casa dormitorio in periferia mentre pregava as-*

sieme ad altri. C'è stata una mezza sommossa da parte dei suoi amici che si sono opposti al suo arresto. I poliziotti hanno trovato delle carte che inneggiavano alla Jihad, e un foglietto con schizzata una piantina molto simile al vostro bagno. Non può essere che lui, cavolo!"*

Lei rimase a guardare il foglio, ammutolita. Avevano optato per il più attuale *malvagio Saladino*, piuttosto che l'obsoleto *perfido Ebreo* o l'imbarazzante *Lesbo*, pensò. Quello schizzo del bagno, di cui le aveva riferito Teresa, ne era la prova...

Fu scossa da Grimaldi che le chiese se fosse soddisfatta anche lei. Gli rispose di sì con un lieve cenno del capo, sen za dire nulla. Fu il preside a dire qualcosa con l'aria pentita:

– Ha ragione a tacere. Mi ero fatto influenzare anch'io dall'ipotesi che lei... – Non aggiunse altro, le mise un braccio sulla spalla.

Lei si scostò subito, dirigendosi al suo posto.

Ora, avrebbe potuto chiamare Renato. Non ci sarebbe stato nulla di compromettente se si fosse complimentata con lui, magari dandogli del lei.

Si alzò e andò nel corridoio per chiamarlo:

– Buongiorno, ispettore. Complimenti per l'operazione. Sarei felice di poterla incontrare...

– Sì, giusto... – la interruppe – la vengo a trovare senz'altro.

Chiuse il telefonino, alzò lo sguardo e notò la bidella in piedi che la osservava con uno sguardo avvilito; una sofferta e impotente pena negli occhi che non lasciava dubbi sulla sua perplessità.

Restarono a guardarsi a lungo, non c'era bisogno di spiegarsi. L'avrebbe voluta abbracciare per confortarla, ma temeva di doverle parlare. Rientrò, salutando Teresa con un bacio al volo.

Renato la chiamò per dirle che si sarebbero visti verso l'ora di cena. Non poté lamentarsi che fosse un po' tardi; continuando a darle del lei gli mandò un segnale di urgenza:

– Sono ansiosa di incontrarla dottor Boccuzzi. – Enfatizzò l'aggettivo.

Se avesse compreso o no il suo messaggio, non cambiava: le toccava restare in attesa l'intero pomeriggio.

Era affogato tra "La coscienza di Zeno" e "Il maestro e Margherita" il piccolo volume: "Se questo è un uomo"; dello stesso colore di copertina dei due grossi tomi; ci mise un pezzo per ritrovarlo. Le era servito, comunque, per scorrere i nomi della collana: Morante, Calvino, Amado, Céline, Marquèz … che le ricordavano il tempo in cui riusciva a leggere tre romanzi alla volta, tenendone uno in bagno, uno in salotto e l'altro in camera da letto; ritrovando in quei luoghi le diverse atmosfere e i dialoghi che non sarebbero potuti accadere in altri spazi della casa. Non aveva mai preso in considerazione, però, quello di Primo Levi, che era rimasto intonso nella sua modesta biblioteca.

Il motivo se lo ricordò non appena vide la copertina: in un piccolo riquadro era raffigurato un intreccio di filo spinato sorvolato da un rapace nero; un esplicito riferimento a un campo di sterminio: troppo angosciante. Svoltò la copertina, la pagina con il titolo e si soffermò su quella del breve poemetto: *"Voi che siete sicuri – Nelle vostre tiepide case…* L'aveva ascoltata molte volte; passò alla prefazione: *"Per mia fortuna, sono stato deportato ad Auschwitz…"* Stava per chiudere ma, per scrupolo, lesse l'inizio: *"Sono stato catturato dalla Milizia fascista il 13 dicembre 1943. "Avevo ventiquattro anni, poco senno, nessuna esperienza…"* Tenne il segno con le dita, chiudendo il volume. Si mise comoda, rannicchiandosi sulla poltrona sotto un paralume a stelo, lo accese.

La sua personificazione del narrante non aveva quella giovane età: aveva circa settant'anni e somigliava a Samuele.

Così cominciò a immaginarlo mentre, vestito con giacca e cravatta, saliva su quel vagone merci assieme ad altri quarantaquattro deportati dei complessivi seicentocinquanta dell'intero convoglio diretto chissà dove.

Era Samuele, in piedi o accovacciato, che guardava gli esseri umani accalcati in quel piccolo vagone, dei quali, solo quattro, lui compreso, sarebbero sopravvissuti.

Il vecchio Samuele, restando nel suo dignitoso aspetto borghese, udiva le urla laceranti di due lattanti che non riuscivano a poppare per la mancanza di latte nelle mammelle delle madri assetate: mancava l'acqua, e nessuno si curava di portargliela.

Era il suo canuto amico che continuò a narrare tutto il resto di quello che gli capitò restando un anno in un campo di concentramento in Polonia: Auschwitz.

Il deportato numero 174517 (alias, Samuele) smise gli abiti borghesi per indossare una specie di pigiama a righe e raccontò fatti di quotidiana miseria umana senza concedersi la retorica per accrescere la sofferenza. Il suo resoconto procedeva con una minuziosa e reale esposizione di fatti che accadevano a lui e intorno a lui. Non c'era spazio per la recriminazione perché non c'era tempo per elaborarla, ma soltanto quello per sopravvivere. La solidarietà tra i deportati si esprimeva soltanto per scambiarsi il calore dei corpi nella cuccetta, per poi guardarsi l'un l'altro per non essere derubati di un cucchiaio, un coltello, una fetta di pane: la fame sopraffaceva ogni altro umano bisogno di gente che sembrava non avesse ricordi di un vissuto normale. La morte accadeva intorno con la semplice constatazione della diminuzione numerica di gente che era rimpiazzata da altra; era nella normale routine di quel posto, una variante casuale senza motivazioni.

La follia sarebbe stata un rimedio per sottrarsi a quel purgatorio: era un lusso che non potevano concedersi; quello, era riservato solo ai loro aguzzini.

Le parve normale che Samuele fosse ricoverato in quella clinica, appena rientrato da quel tragico luogo, per curarsi le ferite.

Samuele. Non l'altro Levi.

Chiuse il libro, fece un calcolo mentale di quanti anni fossero trascorsi da quei terribili eventi. Si rassicurò: Samuele, per sua fortuna, come gli disse il vecchio latinista, era appena nato in quegli anni. Una rassicurazione solo logica, però, che non mutava per niente la fisonomia immaginaria del personaggio: restava quella del suo amico. Doveva restare la sua, per potergli perdonare la follia e tacitare finalmente i troppi dubbi sorti dopo l'ultima visita; scosse la testa e sbatté le palpebre per ridestarsi da quel confortevole pensiero e ricacciarsi nella penosa realtà di quel giovane arrestato. "No"! Mormorò tra le labbra, quasi pentita di aver potuto rimuovere, nel frattempo, la nuova angosciante situazione.

Vide l'ora: le dieci meno cinque. Aveva passato l'intero pomeriggio a leggere, era stata completamente assorbita dalle vicende reali di Primo Levi da non rendersi conto del tempo trascorso e che Renato non fosse ancora giunto. Aveva assolutamente bisogno di parlargli.

Temette che non sarebbe più arrivato. Un dubbio fugato non appena sentì suonare alla porta, mentre riponeva il libro. Si affrettò ad aprire.

Renato appariva stanco.

Non anticipò, come al solito, il menu della cena. La teneva svogliatamente penzoloni, racchiusa tra due dita della mano: una confezione di *cous-cous*. Dubitò all'istante che l'avrebbero mangiato: l'aria sconsolata di Renato, non era certamente quella di un solerte cuoco disposto a preparare, se pur precotto, l'elaborato pasto.

Lo vide avviarsi fiaccamente verso il divano, tenendo ancora in mano la coloratissima confezione che poco si abbinava al suo umore. Lo seguì, sedendosi accanto.

– Hai letto, immagino? – Le chiese con un'aria infelice.

– Sì, infatti. Ti aspettavo per parlartene.

Restò alcuni secondi in silenzio, il tempo di raccogliere l'intricato discorso di Anna e poterglielo riferire in maniera ordinata e precisa, omettendo la parte finale.

– In conclusione: è venuta per "informarci" che avrebbero chiuso il capitolo Samuele e aperto quello musulmano...

– Esatto! – Confermò lei.

– Gran figli di puttana!... Mica scemi, sfruttano l'opportunità per trarne un vantaggio; della serie: del maiale non si butta niente! – Sogghignò.

– Non c'è da ridere Renato. Non possiamo permettere che quel giovane Arabo sia accusato di un crimine che non ha commesso.

– Cioè?

– Devi adoperarti per far capire al magistrato che è una macchinazione di "quelli".

– Dopodiché, stiamo *capo a dodici:* ricomincerebbero daccapo passando, magari, le indagini a qualche altro ispettore. Perché stavolta coinvolgerebbero anche me nell'inchiesta, rischiando anche il posto...

– ...

Si sentì sciocca per quel suggerimento troppo semplice, laddove la faccenda si era molto complicata; ma non poté non confessargli la sua angoscia per il ragazzo arabo: *una cosa terribile da sopportare.*

– Non ci resta che leggere passivamente la prossima cronaca… e sperare che il magistrato trovi infondate le accuse… – Disse lei arrendevole.

– Un dettaglio, quel piccolo, apparente fottuto dettaglio! – Sbottò Renato tra i denti.

– Quale?...

– La modifica di quel bagno, mai apportata sulla piantina catastale.

– Che cosa vuoi dire?...

– Quel bagno era stato modificato recentemente, pare, per le esigenze di averne uno a parte col bidet…

– È vero. Eravamo state Adelina ed io a suggerirlo…

– E nessuno si è adoperato di informare il Catasto…

– Quindi?...

– Quello schizzo non poteva che essere il frutto di un sopralluogo, una precisa rappresentazione di quel posto riservato; non ricavabile altrimenti.

– Vuoi ridere?

Renato la guardò stupito.

– Nemmeno un sopralluogo: l'hanno disegnato dietro il suggerimento della nostra bidella.

– Non capisco…

– Semplice: i due dell'Opus non potendo entrare, perché sigillato, si fecero descrivere da Teresa com'era fatto quel bagno…

– … una copia del quale, è stato "trovata" in casa del povero Zaahid. – Concluse Renato, scuotendo la testa.

– Già.

– Ed io, con quell'articolo fasullo del mio amico, sull'ipotesi islamica, gli ho fornito su un piatto d'argento l'arista del maiale già cotta…

– Non fartene una colpa, probabilmente avevano già deciso di prendere quella strada, nel caso le indagini ufficiali si fossero "arenate"…

– Non sono stato originale, a quanto pare…

– No, è che, semplicemente, un moderno poliziotto non può competere con l'antica "inquisizione". – Rise.

– Teresa?... – Chiese Renato, sottintendendo una sua eventuale spontanea testimonianza.

– Non lo farà mai: non le piace la cronaca nera, detesta gli Arabi… e ha un figlio da sistemare.

– Quel povero Zaahid è fottuto!

Concluse rassegnato, sbattendo sulle ginocchia la confezione di *cous-cous* che si ruppe sfarinando il semolino tutto intorno.

Restarono entrambi a guardare il surreale frantume giallo di quell'improbabile cena, senza muoversi e senza alcuna voglia di rimuoverlo.

Renato si distese sul divano poggiando la testa sul bracciolo. Continuò con un tono lento, giaculatorio:

– Per fortuna, il suo Dio è davvero grande… non per risolvere i problemi, nessun Dio li risolve, ma per riempire il suo cuore e la sua mente con la semplice evocazione della sua grandezza, almeno cinque volte al giorno. Al mio Dio dimenticato, non rivolgo più nemmeno le bestemmie…

S'interruppe di colpo, socchiuse gli occhi e aggrinzì le labbra, come preso da un angosciante pensiero.

Gli chiese piano:

– Cosa stai pensando?

– …

– Al buco nero,… l'universo,… Dio.

Si scosse, sfregandosi il volto con entrambe le mani ed emettendo un rantolo liberatorio: "Ahh!"

Restò a guardarlo mentre si alzava per sgranchirsi le gambe e portare altrove la sua testa. Fece alcuni passi, scivolando sul semolino sparso sul pavimento. Un provvidenziale effetto comico che sembrò riportarlo in una più concreta certezza Cartesiana: – "*Cado dunque sono.*"

– Scherzò.

Risero entrambi.

Lo aiutò ad alzarsi, cogliendo l'occasione per abbracciarlo e mostrargli la sua solidarietà per quel suo istante di smarrimento; ma lui si distaccò subito, quasi respingendola, per iniziare uno sviante discorso sulla vita carceraria:

– Per ora, è nel carcere giudiziario e in isolamento. Perlomeno, non rischia l'umiliante sodomizzazione che, di certo, gli riserverebbero quelli del penale. Non aspettano altro che una giovane preda, quelli; arrapati come sono...

– Stai scherzando? – Lo interruppe.

– No, non scherzo; se ti tocca trascorrere qualche decina d'anni in compagnia di soli uomini, non è per niente escluso che si possa cercare il fisiologico conforto nel vicino compagno di cella…

– Hai detto: conforto? – Sottolineò il termine, sorridendo.

– Sì, perché?

– È un bel modo per definire un accoppiamento… si trova "conforto" nelle braccia di un altro…

– Sì, penso proprio di sì…

– Era quello che stavo per offrirti poco fa… – Lo interruppe con un leggero tono risentito.

–…

Renato crollò sul divano, come se fosse stato spinto da quelle parole. Evitando lo sguardo di Flora, indugiò un mezzo rimprovero:

– Avevi deciso tu… di abbracciarmi… non io.

Le sembrò che quella frase le fosse giunta dall'angolo di un remoto nascondiglio infantile, dove si era rifugiato, evitando di guardarla.

Restò ad osservarlo in silenzio, in attesa che volgesse il suo sguardo. Non lo fece, ma si accartocciò su se stesso, rincresciuto. Da quella posizione borbottò:

– Ti sarai posta la domanda sulla natura del tuo diverso *orientamento* sessuale, immagino?

– Naturalmente…

– Quale teoria ti ha convinta?

– Quasi tutte…

– Non quello della *perversione,* suppongo. – Sollevò la testa.

– Certo. La perversione è un comportamento mentale che non si coniuga con l'istinto, penso.

– Brava. È la stessa conclusione alla quale sono giunto per il mio… *orientamento.* Per il quale, mi hai dimostrato di non avere pregiudizi, e te ne sono grato. – Riprese a guardare per terra, in cerca delle parole:

– … ti vorrei chiedere uno sforzo maggiore, per tentare di comprendere il rifiuto del "tuo" abbraccio… nel quale sarei potuto morire soffocato… – Tentò un sorriso.

Non ebbe voglia di sorridere. Ora era lei che si ritrovava in un angolo della sua casa, in attesa della stretta materna. Annuì più volte con la testa, socchiudendo le labbra in un chiaro segno di comprensione per una ragione sepolta in chissà quale luogo infantile: ne coglieva perfettamente i contorni, pur sfuggendole il nucleo centrale di quella nebulosa di ricordi.

Si limitò a concludere, evitando di azzardare un maggiore approfondimento:

– Tu hai sposato la teoria psicologica, quindi.

– L'unica plausibile, a mio parere; che non sempre, però, può risolvere tutti i problemi del nostro temporaneo e misterioso passaggio… un angosciante pensiero, pronto ad assalirti in maniera imprevedibile…

– Non tanto imprevedibile, per chi è costretto a porsi continue domande…

– Hai ragione, è il "nostro" allenamento quotidiano.

Gli era tornato il sorriso. Le tornò la voglia di abbracciarlo; un telepatico pensiero: fu lui a farlo. Rimase immobile, lasciandosi stringere, nell'imbarazzante posizione di non sapere se potesse farlo anche lei: un conflitto tutto interno tra la volontà mentale e l'inazione delle braccia che restavano appese lungo i fianchi in una innaturale inoperosità. Continuò a restare così, temendo di rompere quel momentaneo incanto che cominciava a sciogliersi tra le sue gambe in un liquido e solleticante desiderio. Lui si distaccò, nel bel mezzo di quella involontaria eccitazione, come se ne avesse percepito le intenzioni. Tentò di bloccarlo, con un goffo tentativo delle sue mani che si strinsero intorno al suo viso; quasi una supplica a rimanere ancora, per cercare di comprendere come e quando si fosse potuta materializzare quell'inaspettata voglia. Era imbarazzata, non meno di quanto lo fosse lui. Restarono in silenzio, scostandosi fisicamente per posizionarsi all'estremità opposte del divano, ognuno nel proprio cantuccio.

Col passare del tempo, la notizia sulle indagini fu relegata sul fondo della cronaca, per poi scomparire del tutto. Com'era naturale che fosse. Non nella sua mente. Continuava ossessivamente a immaginare il giovane arabo, rinchiuso in una cella, a urlare la sua innocenza nella sua rauca lingua incomprensibile per i secondini che gli rispondevano con il gergo dell'insulto per farlo smettere. Non poteva essere diversamente. Era così, si ostinava a pensare. Una immedesimazione che cominciò a dolerle fisicamente: una leggera fitta sospesa tra l'esofago e lo sterno che persisteva finanche quando pensava ad altro. Quale altro? Che il circolo si limitava a Valeria, Samuele e Renato, tutti riconducibili nei pressi di quella cella isolata.

Valeria non era più tornata a farsi vedere per strada. La sua eccessiva prudenza cominciava a infastidirla.

Renato si ostinava a starle alla larga, per evitare pruriginosi desideri.

Samuele lo sapeva a casa, dimesso da alcuni giorni, intento a osservare da vicino, molto vicino, l'evolversi del suo profumatissimo roseto inglese. Così lo incontrò, dopo aver attraversato il morbido e monocromatico prato sul quale, i suoi passi, non avevano calpestato una sola foglia rinsecchita. Tutte verdi e smaglianti, ordinatamente attaccate ai simmetrici rami del mitico tiglio, per ombreggiare la quiete del convalescente che restava impudicamente inginocchiato ai piedi della sua *Gertrude Jeckyll,* annusandone i sensuali effluvi rosati. Una paradossale quiete che nemmeno le gazze tentavano di agitare, limitandosi a pascolare composte sul campo e lasciando che fossero le tortore sui rami a modulare il loro monotono e innocuo richiamo. Continuò a restare piegato, volgendo con estrema indolenza il capo per salutarla e, con altrettante lentezza, cominciò a parlare della sua amata e ultima discendente della nobile famiglia delle *Rosaceae*. Un discorso coerente e lucido, viziato soltanto dalla narcotica lentezza dello svolgimento; ma che si armonizzava bene col quieto e tiepido Maggio che discretamente avvolgeva il minuscolo creato. Doveva essere sempre quello il mese dell'Eden, riuscì a pensare per un attimo, in una piega del monotono soliloquio.

Avrebbe dovuto dirgli di Zaahid, condurlo per mano in quella buia galera nella quale stava rinsecchendo una giovane vita; ma occorreva un contesto diverso per esprimere un così drammatico discorso, non una messinscena di quinte di arbusti e fondali rinascimentali. Lasciò che continuasse il suo tiepido monologo; che restasse a carezzare i leggeri petali, mentre si allontanava insalutata e silenziosa verso il cancello, l'unico stridente rumore che separava il sogno dalla realtà. Si svegliò. Non aveva sognato. Era stato un ripasso mentale a mezza strada tra il sonno e la veglia del suo pisolino pomeridiano.

Restò a fissare il soffitto, il lascito incolore della sua giovane amante; ne sentiva lo stesso acrilico odore pungente dell'abbandonato androne del palazzo materno.

Un Giovedì pomeriggio di non rientro.

Un vago pensiero alla sua vecchia abitudine masturbatoria e un repentino nauseante rifiuto del gesto. Un rapido balzo per riproporsi in una qualsiasi attività motoria; ma l'unico moto che riuscì a fare fu quello di restare impalata e sospesa tra il bordo del divano e quello del tavolino sul quale cominciò prima a vibrare e poi suonare il telefonino. Inforcò gli occhiali, meravigliandosi di leggere sul display il nome di Samuele.

– Pronto, Samuele?

– Ciao cara.

– Ciao.

– …

– Volevo chiederti scusa per l'altro ieri, ti ho trascurata con la mia divagazione sulle rose…

– No, affatto, era piacevole ascoltarti… e che avevo fretta… dovevo andare…

– Dovevi andare?… Non ti aspetta nessuno…

– Sì, hai ragione; non mi aspetta nessuno… eri l'unico ad attendermi. In realtà, sono fuggita.

– Non ti biasimo. Sei stata troppo indulgente con me.

– Non meno di quanto lo sia stato il tuo amico Segrè.

–…

– Non so se essergli grato…

– …

– … col suo "impasticcamento" ha reso la mia vita come se fosse di plastica, i mei gesti al rallentatore, le mie parole un biascico di suoni emessi da una impastatrice; lasciando intatto la capacità razionale di comprendere gli eventi attuali in tutta la loro crudezza. Un paradosso che nessun medico potrà provare su di sé: la voce della signora Adelina continua a vessarmi, ma con un tono ovattato; la voce del giovane arabo la sento conficcarsi nella mia mente, dopo un lancinante dolore nelle orecchie…

La voce di Samuele le giungeva nitida, come se fosse seduto accanto a lei. Ogni sua domanda sarebbe stata banale, dopo una confessione così vera e sentita. Restò ad ascoltarlo, come aveva sempre fatto durante le sue visite alla villa.

– … non ho avuto voglia di parlartene nel bel mezzo di una primavera tiepida e serena, forse la mia ultima. Tu, hai fatto bene a fuggire dall'eremo di un folle…

Ebbe un groppo alla gola. Non c'era enfasi in quella frase, ma una narrazione vera di uno stato d'animo e mentale, limpido e sofferto. Stava allungando il suo braccio per carezzargli la mano, il gesto restò sospeso tra il suo corpo e un vuoto tinto di grigio. Si schiarì la gola prima di dirgli:

– Un giorno di questi vengo a trovarti…

– No, dovrei partire… sento il bisogno di andare lontano. – Chiuse la comunicazione, senza nemmeno salutarla.

Restò ancora con il telefonino appiccicato contro il suo orecchio surriscaldato, come se quel calore fosse stato prodotto dalle parole del suo amico Samuele. Realizzò esattamente quello che sarebbe accaduto e quello che non avrebbe dovuto fare: chiamare Segrè per informarlo. Magari, sarebbe rimasta così tutto il tempo, per non disperdere il calore, mentre con l'altro freddo orecchio avrebbe potuto ascoltare la narrazione del fatto.

La badante, al risveglio, si era recata nella sua stanza da letto per portargli il tè, che usualmente beveva per ingoiare le pillole. Lo trovò disteso, come se dormisse ancora; solo la piccola bava che colava da un lato della sua bocca le fece capire che fosse morto. Sul comodino, tra le scatole di medicinali vuoti, c'era una custodia di legno aperta con dentro un coltello lungo e piatto, da macellaio, con una lama affilatissima; e un biglietto:

Lasciate in pace l'Arabo. Seppellitemi da Ebreo.

Al cimitero, oltre a lei, c'era Grimaldi con la moglie e Segrè; un po' più distante, intravide Renato.

Non riuscirono a trovare un rabbino. Fu seppellito sotto terra in un piccolo spazio riservato ai defunti di altre religioni.

La moglie del preside depose un mazzo di fiori, pronunciando una frase:

– Noi ti perdoniamo Samuele. Speriamo lo faccia anche il tuo Dio.

Segrè poggiò un sasso sulla bara e pronunciò qualcosa in ebraico che nessuno comprese.

Grimaldi restò muto tutto il tempo. Nel suo volto non traspariva alcun segno di commozione o di acrimonia; sembrava fosse lì solo per dovere d'ufficio.

Lei restò con lo sguardo fisso sul cumulo di terra che ricopriva 'per sempre' gli occhi, i pensieri e le parole del suo amico.

Lasciò per ultima quel posto, avviandosi tranquilla e serena per quel consapevole gesto di Samuele. Si sentiva leggera.

Salì in macchina, nello specchietto retrovisore vide Renato che si avviava alla sua auto. Al semaforo dette un'occhiata per vedere se la seguisse: era dietro di due macchine dalla sua, le sembrò che non fosse solo.

Posteggiò un po' lontano dal suo palazzo. Si avviò a piedi rinunciando a fermarsi al market.

Svoltò l'angolo cercando nella borsa le chiavi del portone, quando sollevò lo sguardo, vide che ad attenderla c'erano Renato e Valeria. Si bloccò, stentava a credere, si corsero incontro abbracciandosi forte.

Renato prese le chiavi dalle sue mani e aprì il portone, seguito da lei e Valeria che si tenevano strette con entrambe le braccia.

Non fece in tempo a socchiudere l'uscio che si precipitarono dentro per scambiarsi un furioso bacio e arretrate carezze, restando dov'erano: nell'ingresso.

Renato si avviò in cucina, per occultarsi tra due canne del separé giapponese.

Glossario dei termini Ebraici

Alecheim: salute, per un brindisi.
Bar mitzvah: festa di iniziazione per un maschio di tredici anni e un giorno.
Gentile: persona non di religione Ebraica.
Goy o goym: altro modo, in Yiddish, per indicare gente non Ebrea.
Kasher: adatto (cibo adatto).
Kasherut: regole della cucina kasher; dal cibo alla conservazione e pulizia.
Kippah: zucchetto (papalina) che indossano solo i maschi.
Shabat: Sabato, giorno sacro di riposo.
Shalom: pace, saluto ebraico.
Shechitah: macellazione rituale, effettuata con un taglio netto alla carotide dell'animale.
Shtetl: piccoli villaggi abitati da Ebrei nell'est dell'Europa.
Yiddish: lingua mitteleuropea parlata dalla diaspora Ebraica di quei luoghi (diverso nelle due parti: occidentale e orientale).

Ogni riferimento a fatti realmente accaduti e/o a luoghi e persone realmente esistenti è da ritenersi puramente casuale.

Finito di stampare nel mese di Giugno 2015
per conto di Youcanprint *Self-Publishing*

www.ingramcontent.com/pod-product-compliance
Lightning Source LLC
LaVergne TN
LVHW011010200726

843509LV00011B/1048